KB273760

이 땅에
ADHD로
태어나

이 땅에 ADHD로 태어나

비스카차 글·그림

감수 안주연
(정신건강의학과 전문의)

유유히

일러두기

· 책과 유튜브 채널명은 『 』로, 논문, 드라마, 영상 등의 제목은 「 」로, 곡명은 〈 〉로 표기했습니다.

자기이해 여정을 위하여

정신과 진료실에서 마주하는 성인 ADHD 환자들의 삶은 대체로 두 갈래로 나뉜다. 자신의 취약성을 인식한 채 외부의 구조와 규칙을 활용해 기능을 유지하는 이들이 있는가 하면, 반복된 실패가 남긴 수치심에 짓눌려 시도 자체를 멈춘 이들도 있다. 『이 땅에 ADHD로 태어나』의 주인공 '발봉'은 전자의 경로를 택해 끝까지 밀고 나아간 인물이다. 그는 자기 조율과 외부 보완을 통해 버텨오다, 마침내 번아웃이라는 형태로 자신의 한계와 마주한다. 이 작품은 바로 그 지점에서 시작되는, 유발봉의 자기이해 여정의 기록이다.

ADHD에게 가장 파괴적인 정서는 수치심이다. 뇌 과학의 관점에서 보면 수치심은 위협 신호로 작동해 실행과 판단을 담당하는 영역의 기능을 위축시킨다. 내부에서 떠오르는 생각과 감정, 외부에서 요구되는 과제 사이의 조율과 우선순위 설정이 어려운 상태에서, 작은 실패는 곧 자기 전체에 대한 부정으로 확장된다. 좌절의 경험이 쌓일수록 현실은 점점 감당하기 어려운 장소가 되고, 회피와 단절은 오히려 이성적인 선택처럼 느껴진다.

이런 국면에서 성인 ADHD 진단을 만나는 경험은 많은 이들에게 자신을 다시 읽는 계기가 된다. 발봉 역시 이 진단을 회피하지 않고 받아들이며, 자신의 삶을 새 언어로 설명하기 시작한다. ADHD가 지닌 개방성과 수용성, 솔직한 자기 노출은 치료 과정에서 중요한 자산이 된다. '게으르다' '의지가 약하다'는 자기비난의 서사에서 벗어나, 뇌의 작동 방식과 자신이 놓인 환경의 궁합을 다시 살피는 단계로 이동하는 것이다. 약물치료는 신경전달물질의 균형과 효율을 맞춰 선택과 실행의 부담을 줄여주고, 상담은 반복되던 자기비난의 고리를 느슨하게 만든다. 그 위에서야 비로소 생활 구조와 도구, 그리고 관계를 다시 배치할 여지가 생긴다.

이 책에서 가장 인상적인 지점은, 발봉이 자신의 불완전함을 다루는 태도다. 자신의 ADHD를 타인에게 설명하려다 역설적으로 상대방 또한 각자의 두려움과 결핍을 안고 살아가는 존재임을 깨닫는다. 자신의 충동성과 조급함을 인정하는 데서 멈추지 않고, 타인을 향한 너그러운 조율로 나아가는 이 과정은 임상적으로도 의미 있다. ADHD 특유의 편견 없는 수용력이 타인에 대한 이해로 확장되고, 마침내 타인과의 '진짜 연결'을 만들어내는 힘으로 전환되는 순간이기 때문이다.

ADHD 치료에서 '사람'의 역할은 정서적 위안을 넘어선다. 수용적인 타인은 내부에서 발생하는 신호와 외부 환경의 요구 사이를 이어주며, 그 조절과 전환을 돕는다. 머릿속에서 수없이 시뮬레이션되는 생각과 현실 사이의 간극을 비난 없이 비추는 거울이 되어주는 것이다. "왜 아직도 안 했어?"라는 질문 대신 "지금 어디쯤 가고 있어?"라고 묻는 존재가 있을 때, ADHD의 뇌는 비로소 현실에 닻을 내린다. 이렇게 적절히 곁에서 끌어주는 타인의 존재는 회복과 조율로 향하는 가장 현실적인 지름길이 된다.

『이 땅에 ADHD로 태어나』는 사회적 지지망이 느슨해진 오늘, 혼자서 모든 전환을 감당해야 하는 독자들에게 다정한 동반자가 되어줄 것이라 믿는다. 판단 없이 곁에 머물며 같은 시간을 통과해주는 존재, 손을 잡고 첫발을 내딛도록 격려해주는 친구처럼 말이다(도파민이 부족한 ADHD의 뇌는 시작 앞에서 늘 큰 마찰을 느끼는데, 이 책은 그 정지마찰력에 도달할 힘을 보태줄 것이다).

자유로운 내면의 상상과 창조적 에너지는 ADHD의 중요한 자산이다. 그것을 억누르거나 통제의 대상으로 삼기보다, 외부 세계와 어떻게 맞물려 작동할지를 배우는 일이 필요하다. 그 조율의 과정은 쉽지 않지만, 반복될수록 내면은 위축되기보다 오히려 확장된다. 자신만의 리듬과 감각이 형성되고, 삶은 점차 '버텨내는 과정'이 아니라 선택과 조정의 연속으로 바뀐다. 그렇게 자유로움과 솔직함, 다원성을 삶의 방식으로 체화해나갈 때, ADHD로 살아간다는 경험은 이 팍팍한 세계 속에서 자신만의 오아시스를 만들어가는 일이 된다. 어쩌면 그것이 ADHD로 이 땅을 살아간다는 것의 묘미이자, 피할 수 없는 '괴로운 즐거움'일지도 모른다.

『이 땅에 ADHD로 태어나』를 그린 작가와, 그 옆에서 나란히 발맞춰 걸어갈 독자들의 ADHD 메타 인생을 계속 만날 수 있기를 기쁜 마음으로 기대한다.

안 주 연

(정신건강의학과 전문의, 『어쩌면 ADHD 때문일지도 몰라』 저자)

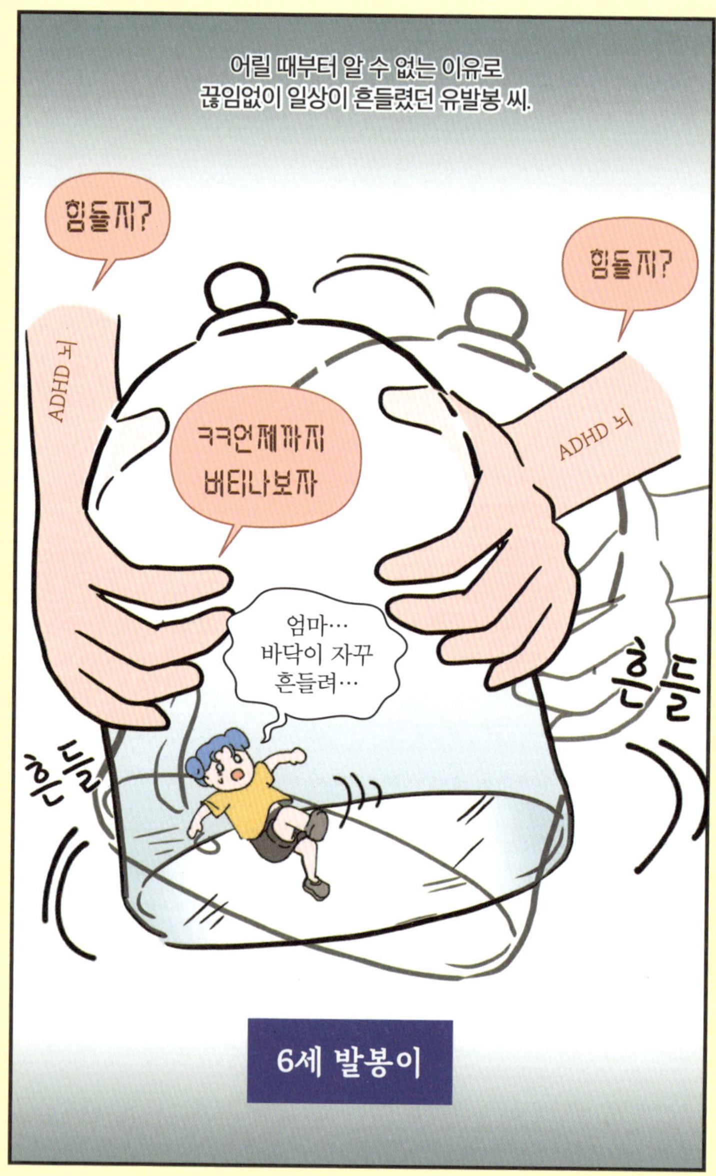
어릴 때부터 알 수 없는 이유로
끊임없이 일상이 흔들렸던 유발봉 씨.
힘들지?
힘들지?
ADHD 뇌
ADHD 뇌
ㅋㅋ언제까지
버티나보자
엄마…
바닥이 자꾸
흔들려…
흔들
흔들
6세 발봉이

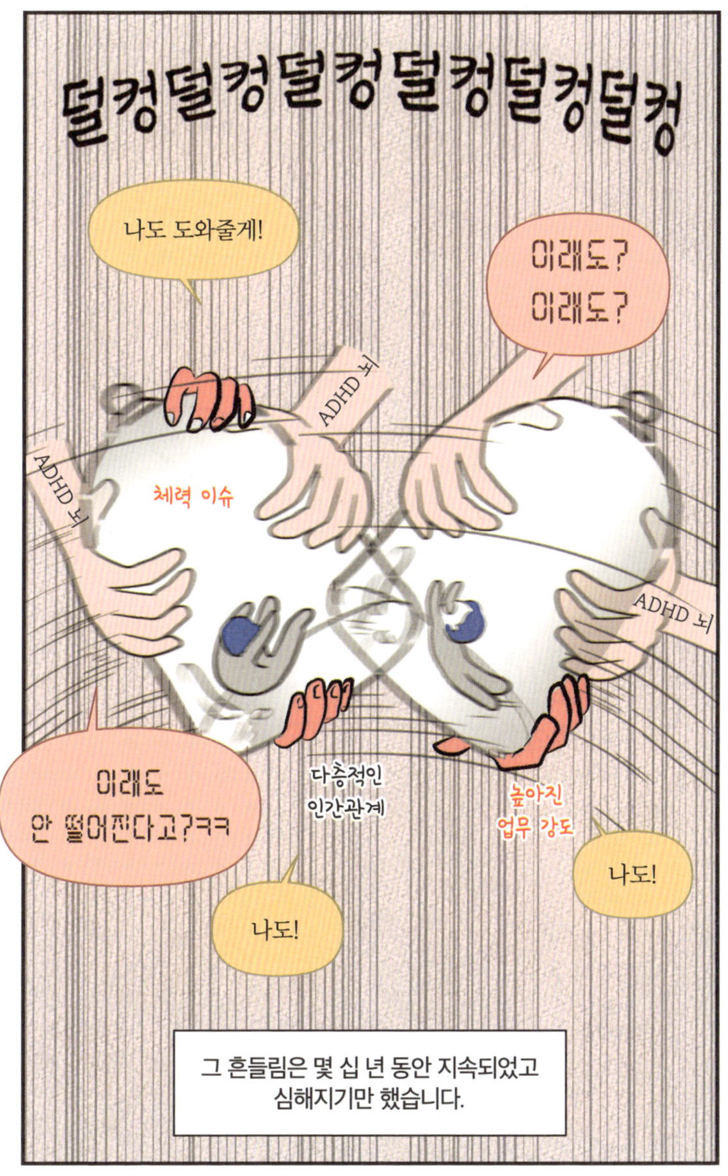

그 흔들림은 몇 십 년 동안 지속되었고
심해지기만 했습니다.

그러던 어느 날,
빠각
펑!!
성공!!

발봉이는 일상이 완전히
붕괴될 지경에 이르렀고
으아아악
사람 살려!!
휘이이이이잉
우울증
바닥난
자존감
파탄 난
인간관계
기분장애
수면장애

다행히 퇴사라는 구명 튜브로
적절한 시점에 탈출한 뒤

억

촤아아아

정신을 차린 발봉이는
깨달았습니다.

이건…

이건 뭔가
이상해!

다들 이렇게
살고 있을 리가
없잖아!

둥둥…

이제 정말로 병원에 가봐야 한다는 것을요.

맞아요.
남들은 그렇게
살고 있지 않아요.
두
둥
신경정신과 김두돌
어디 보자~
행동검사
디질형
(우울증에 양극성 정애 등)
감별진단용
테스트
가족의
ADHD병력
12세 이전부터
부주의,과잉행동,충동성
증상의 지속
종합주의력검사
(CAT)
각종 면담결과

1. 어떤 일의 어려운 부분을 끝내놓고, 그 일을 마무리 짓지 못해 곤란을 겪은
   적이 있다.

3. 골치 아픈 일을 피하거나 미루는 경우가 있다.

4. 오래 앉아 있을 때, 손을 만지작거리거나 발을 꼼지락거리는 경우가 있다.

5. 마치 모터가 달린 것처럼 과도하게 혹은 멈출 수 없이 활동하는 경우가 있다.

6. 약속이나 해야 할 일을 잊어버려 곤란을 겪은 적이 있다.

스으윽
그렇다면
당신은 역시…
ADHD가
맞군요!!
짜잔~
과잉행동
+
집중력 저하
!!
※ 주의 ※
실제로는 이딴 식으로
진료하지 않습니다.

내게도⋯ 진단명이⋯?!

드디어⋯?!
찌잉~
저용량으로
약물치료 시작해봅시다.
근데 이게 또
확실하게 ADHD
간혹 약이 안 듣는 경우도
약 효과를 판단하려던
네!!
안 들림

내가…
ADHD…?
탁
1진료실
2진료실

…

화악~
둥둥둥둥
둥둥둥둥
난…
ADHD…

♪ 둥둥둥둥둥둥둥 ♪
♬ ~
♪30년이 넘는 시간 동안, 난 내가 뭔가 잘못된 걸 알았어♪

Anxiety, Depression, Worry,
Panic attacks or extreme fear
YOGA
Schizophrenia
Q&A
TSD?
Generalized Anxiety
vs
Obsessive-compulsive
얘기해보아요
그룹치료
모집
♪그리고 내 게으름과 절망의 이유를 찾으려고 해도♪
♪ 해결 방법들은 항상 틀렸었지 ♪

♪하지만 그 세월들에 난 후회 없어♪
김두돌
정신과
♪왜냐하면 난 지금 막...♪

♪진단을 받았~어! 진단명이 나왔~어!!♪

이 이야기는 어느 약사 '유발봉'이
서른둘에 ADHD 진단을 받으면서
시작되었습니다.

꺄하하하하하

수군수군

성인 ADHD 자가진단표*

증 상	전혀 그렇지 않다	거의 그렇지 않다	가끔 그렇다	자주 그렇다	매우 자주 그렇다
어떤 일의 어려운 부분을 끝내놓고, 그 일을 마무리 짓지 못해 곤란을 겪은 적이 있다.				◯	
체계가 필요한 일을 해야 할 때 순서대로 진행하기 어려운 경우가 있다.					◯
골치 아픈 일을 피하거나 미루는 경우가 있다.			◯		
오래 앉아 있을 때, 손을 만지작거리거나 발을 꼼지락거리는 경우가 있다.					◯
마치 모터가 달린 것처럼 과도하게 혹은 멈출 수 없이 활동하는 경우가 있다.				◯	
약속이나 해야 할 일을 잊어버려 곤란을 겪은 적이 있다.					◯

색이 다르게 표시된 칸에 해당 항목이 4개 이상이면 성인 ADHD 가능성이 있습니다.

진단의 기쁨

2025년 2월, 「이 땅에 ADHD로 태어나」 프롤로그를 처음 블로그에 올렸다. 서너 편쯤 나올까 싶었던 이 만화는 2025년 11월까지 장장 16편 연재로 마무리됐다. 나의 일상을 그대로 그린 만화여서일까, 이 작품을 읽고 내 인생 역시 이야기 작법서 속 군더더기 없는 주인공 서사처럼 생각하는 이들을 종종 접한다. 어느 날 갑자기 주인공에게 일상을 깨야 하는 외부의 충격이 생기고, 시련을 극복하는 과정에서 ADHD인 걸 알게 되고, ADHD 치료를 받으며 변화하는 일직선의 스토리와 같이 내 삶이 걸어나간 것처럼 말이다. 물론 실제 삶은 그렇지 않다. 다만 이야기의 시작점에서 서사가 있는 픽션처럼 '촉발 사건'으로 볼 수 있는 경험은 있다.

3년 전 병원에서 마지막으로 근무했던 항암부서는 발령 즉시 대부분의 약사들이 퇴사할 정도로 업무가 과중한 것으로 유명했다. 그럼에도 '거기도 사람 사는 곳'이라는 선배의 말 한마디에 기대어 나는 10개월을 버텼다. 하지만 손에는 장갑을 세 겹으로 겹쳐 끼고 얼굴에는 마스크 2개를 쓴 상태에서 벤치(주사조제 작업대를 편의상 부르는 말)에서 절대 손을 빼면 안 되는 무균조제의 특성, 조제와 동시에 몇 분 단위로 먼저 처리해야 하는 일이 쉴 새 없이 끼어드는 외래의 특성, 정신없이 일하다 보면 동료에게 목소리와 말투를 적절히 조절하기도 전에 충동성 증상이 튀어나오는 극악의 업무 환경이 '감각과민, 형편없는 단기작업 기억력, 멀티플레이 불가'에 해당하는 ADHD 증상들을 일타삼피로 때렸다.

"대체 널 위해서 뭘 더 해줘야 하는 거니?"
책임약사는 수시로 날 불러 이 말을 반복했다. 당시 부서에서 근무하던 다수의 2년 차 동료들은 업무가 전혀 늘지 않고 사회생활도 능숙하지 못한 4년 차인 나를 인간적으로 상대할 여유가 없었다. 이 이상 버티면 정신 치료를 받아도 일상으로 되돌아올 수 없겠다는 딱 그 지점에 이르러서야, 나는 부서에 퇴사 의사를 알렸다.

팀의 원칙대로 퇴사일은 두 달 후 말일로 결정이 됐고, 하필이면 나의 퇴사일 당일에는 눈코 뜰 새 없이 바쁘게 환자들이 몰려왔다. 마지막 근무일인 만큼 퇴사자들의 관례대로 전에 근무했던 모든 부서를 돌며 인사를 하고 싶었다. 그러나 그날 항암부서를 빠져나올 수 있는 시간은 단 1분도 주어지지 않았다. 결국 마지막의 마지막까지 기계처럼 일하다, 4년간 몸을 갈아넣으며 일했던 병원에서 쫓기듯 나올 수밖에 없었다.

병원에서 업무적, 사회적으로 철저하게 스스로 자신을 불신하게 된 경험은 퇴사 후에도 1년 넘게 나를 괴롭혔다. 빈도는 줄었지만 여전히 꿈에 등장한다. 프롤로그 첫 장면처럼 내 삶은 살아있는 내내 늘 흔들리고 있었지만, 결정적으로 정신과를 찾게 만든 또렷한 장면은 정신적 육체적으로 퇴사를 결심할 수밖에 없었던 그때 탄생했다.

정신과를 찾아가며 난 누구보다 간절히 진단명을 바랐다. 정확히 말하자면 치료의 가능성을 바랐다. 내가 더 나은 사람임을 다시 믿고 싶었다. 진단이 있으면 약이 있고, 약이 있으면 치료가 가능할 것이라는 지극히 보건의료인적인 마인드였다. 돌아보니 약이 있는 진단명을 얻게 된 것은 매우 큰 행운이었다. 그 약물치료로 나아지는 내 일상을 보고, 내 삶의 거의 모든 혼란이 풀린 것은 행운을 넘어 기적이었다.

정신과를 찾고 예약하고 검사하고 대기하던 그 시간 동안 내가 주야장천 불렀던 드라마 OST가 있다. 미국 드라마 「크레이지 엑스 걸프렌드 Crazy ex-girlfriend」의 <my diagnosis>다. 평생 흔들리는 바닥을 걷다가 흔들림의 정체를 알았을 때 느끼게 되는 희열과 회한이 섞인 기묘한 감정을 아는 사람이라면 누구나 공감할 것이다.

평생에 걸친 마스킹(스스로의 정신적 결함을 감추고 '정상인'으로 위장하여 살아가는 기술), 하지만 본인만 아는 고통과 혼란스러움에 관해 탁월하게 묘사한 이 노래를 성인 ADHD인들이 다 같이 떼창하는 장면을 그려본다.

유발봉

작가의 약사 버전.
병원에 근무하던 시절에 그린 만화
<병원약사 유발봉>에서 처음 탄생함.

병원 퇴사 후 ADHD 진단을 받았다.
현재는 동네 약국에서 근무 중.

이름의 유래

약을 빻는 약사**발**(유발)과
봉(유봉)을 합쳐 만듦.

다수의 사람들은
존재하는지조차
모르는 병원약사들이
마치 이름이 잊힌
이 도구들과 비슷한 것 같아
붙이게 되었다.

비스카차

종종 등장하는 작가의 본체.
약사 발봉이와
자문자답하듯 대화한다.

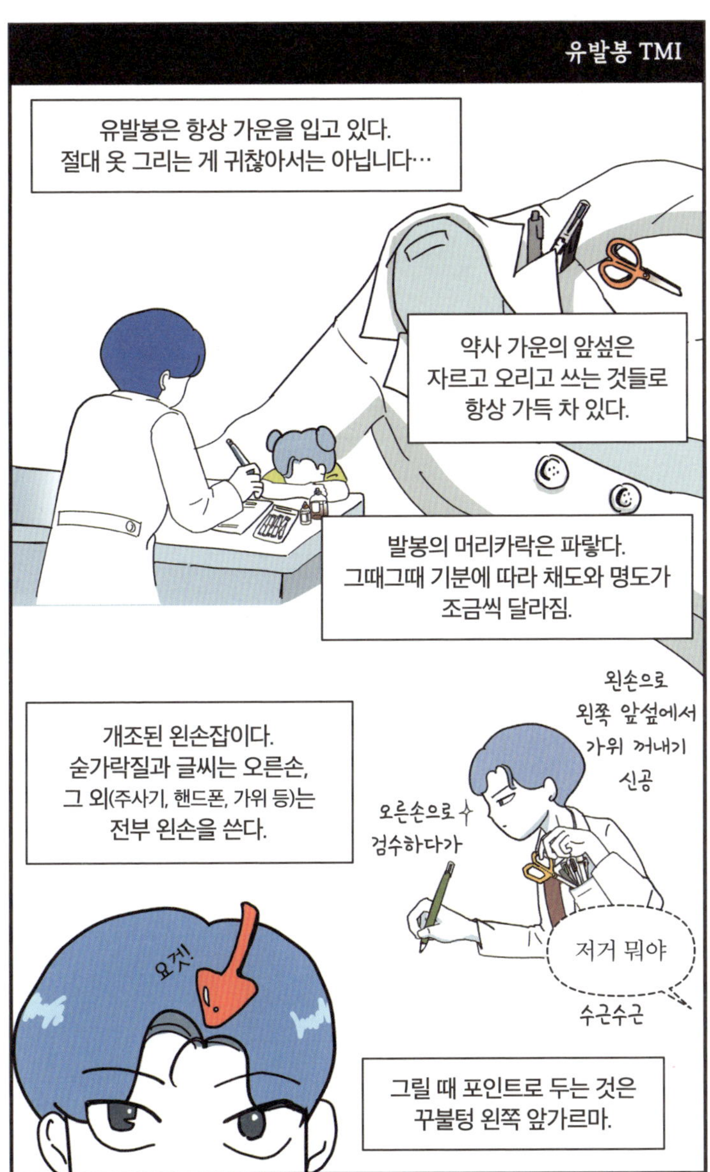
유발봉은 항상 가운을 입고 있다.
절대 옷 그리는 게 귀찮아서는 아닙니다…

약사 가운의 앞섶은
자르고 오리고 쓰는 것들로
항상 가득 차 있다.

발봉의 머리카락은 파랗다.
그때그때 기분에 따라 채도와 명도가
조금씩 달라짐.

개조된 왼손잡이다.
숟가락질과 글씨는 오른손,
그 외(주사기, 핸드폰, 가위 등)는
전부 왼손을 쓴다.

왼손으로
왼쪽 앞섶에서
가위 꺼내기
신공

오른손으로
검수하다가

저거 뭐야

수근수근

요것!

그릴 때 포인트로 두는 것은
꾸불텅 왼쪽 앞가르마.

차례

1화

다들 이렇게 살고 있었던 거야? ADHD 약물치료

여기서 잠깐!
ADHD 약물치료에 대한
아주 아주 아주 대략적인 설명 한 페이지!

ADHD의 대표 이미지인
과잉행동(ADHD 중
H, Hyperactivity)
모습으로

보통 연상하는
이런 '도파민 뿜뿜' 느낌과
정반대로

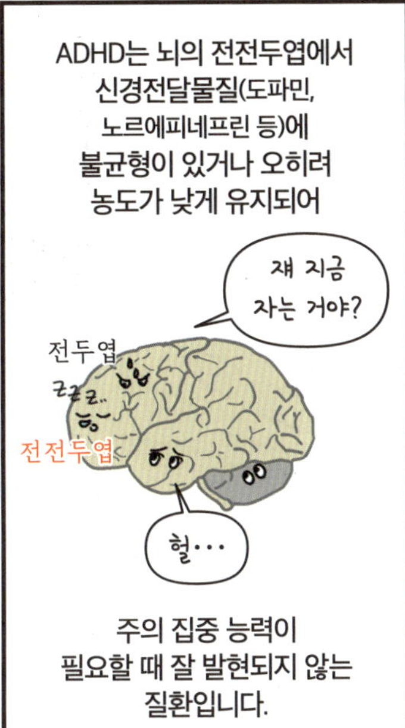

ADHD는 뇌의 전전두엽에서
신경전달물질(도파민,
노르에피네프린 등)에
불균형이 있거나 오히려
농도가 낮게 유지되어

주의 집중 능력이
필요할 때 잘 발현되지 않는
질환입니다.

따라서 ADHD 치료에 쓰이는 약물들은
뇌에 신경전달물질의 작용을 높여주는 기전을 가지고 있죠.

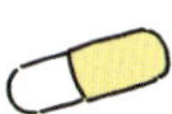

아토목세틴atomoxetine,
클로니딘clonidine / 구안파신guanfacine
: 노르에피네프린 시스템 활성화

메틸페니데이트
methylphenidate
: 도파민 시스템 활성화

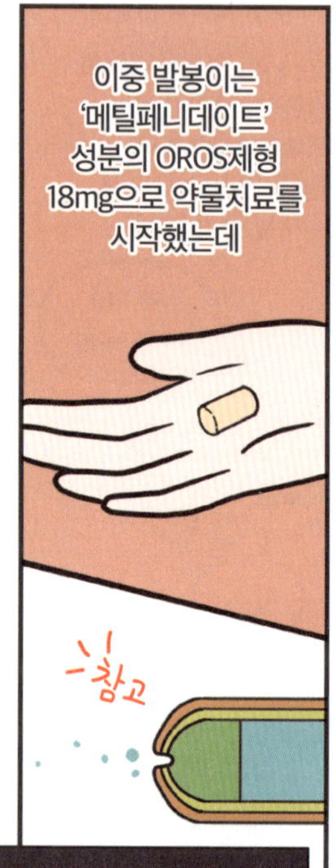

이중 발봉이는
'메틸페니데이트'
성분의 OROS제형
18mg으로 약물치료를
시작했는데
참고
OROS제형이란
서방형(느린 방출 제형)의
일종으로 하루에 한 번만
먹어도 효과가
오래 지속됩니다.

공교롭게도
약물 부작용에 대해
너무나 빠삭했던
성실 약사 유발봉 씨…
뭉게뭉게…
심계
항진
식욕
하락
목마름
의존성
불안
불면
제일 걱정되는
부작용 두 가지
위장장애
아는 게 병이다…

……

에잇!

하지만 유발봉이 진짜 예측 못 했던 것은
부작용이 아니라
'효과'였다는 것!

쩔렁 쩔렁 쩔렁 쩔렁 쩔렁 쩔렁 쩔렁 쩔렁 쩔렁

첫 번째, 직장생활의 주의력

1. 기존 작업 생각
이 장면은
이렇게
연출을…

2. 새 작업 아이디어
한 컷으로…
일기처럼!
짧은 호흡으로
이거 좋은데?

3. 신체 인지
지금 목이 아픈 건
등근육을
못 잡아서인데…
내가 등을 잘 잡고
서 있나?
가슴을 좀 펴자!
요추전만을
유지하면서…

왜~ 누군가
울어야만 하나요~
그 고통에
무슨 의미가 있나요~

4. 자동 노래
재생

5. 업무 생각
이거 다음에
리케락 넣고
내려야 함.
바로 찝으면 안 됨.
바로 찝으면 안 됨!!!

리케락 12g

ADHD 약 먹기 전엔
마치 머릿속에서
수십 개의 종이 울리고
있었다면…

약을 먹고 나니

쩔렁 쩔렁

업무 생각

이거 다음에
저거 넣고 내려야 함.
바로 찝으면 안 됨!!

리케락 12g

머릿속을 광광 울리던
불필요한 종들이 모두
사라진 느낌이었습니다.

머릿속이 이렇게
조용할 수가…

다들 머릿속에
라디오가 켜진 상태로
일하는 게 아니었단
말이야?

그리고 복약지도 할 때,
말하는 음량과 속도를
의식적으로 조절하지 않으면
상황이나 의도에
맞지 않은 말투가
불쑥 튀어나왔는데요.

약을 먹으니
애쓰지 않아도
환자와 평온하게 대화할 수
있게 되었답니다(!)

Equalizer

말 속도가
너무 빠르잖아!

알아서 잘
굴러가는군~

저음부
조금만 줄이고!

아이고
음량이 왜
이렇게 커!

말하는 게
훨씬 편하다!

또 투약대에서 약이 나오는 걸 기다리는 동안
잡생각들이 우후죽순 돋아나며 느끼던 불안감이 줄어들었습니다.

두 번째, 사회적 상호작용

일상적인 대화 중 하나의 주제를 따라가지 못하는 ADHD 뇌.

동시다발적으로 휘몰아치는 생각들 때문에
집중력 저하 및 충동성 조절 문제로
다음과 같은 빌런 특성을 획득합니다.

머리에 떠오른 말들을 쏟아내다가, | 갑자기 이상한 데서 말 끊음.

말 자르기 빌런

그랬던 내가…
B…
B!
B-1~
B-2~
B-3~
B-4~
B-5.
대화의 흐름에 맞는 속도로 말할 수 있게 됨.
A..!
B~
A
C~
일을 할 때 시간을 지키는 것과 퀄리티를 올리는 것 중 뭐가 더 중요…
네, 전 시간을 지키는 것이 더 중요하다고 생각합니다.
와씨 방금 나 왜 그랬지??
*면접 중 충격 실화
대답하기 전에 기다릴 수 있게 됨.
오, 머리에 브레이크가 생겼군.
꺅꺅이가 전에 나한테 말한 거 물어볼까?
아, 그거 다른 사람이 있을 때 얘기하면 싫어하겠구나.
맞다! 너 지난번에 OOO라고 했었지!
아차 또 실수했구나…
…뭐라고?
Missing link
말이 뇌를 거쳐서 나오게 됨.

사실 어릴 적부터
애써왔지만
자꾸 폭탄처럼 터졌던
이런 인간관계 문제들이
발봉이가 늦게라도
정신과에
제 발로 걸어가게 만든
결정적인 이유였어요.
…!
…!!
내 빌런 짓들이 전부
ADHD 증상이었을 줄이야…!
ADHD 약으로
이런 부분이
개선되었을 때
후련하면서도
동시에 슬펐죠.
아하
뭐가 증상인지
모를 땐 약을 먹고
어떻게 나아지는지
보면 되겠구나
그거 아니여!!
!!!

세 번째, 가정 내 증상

너… 너……!
샤워하고 딴짓 안 하고
바로 머리 말리는 거야…?

밖에서 밥 먹자며!
얼른 일어나!

너…
너… 지금
나가자고 하니까
바로 일어난 거야?

그래!

위잉~

어… 엇,
그러네?

세상
사람들~!!

헛짜

유발봉이가
달라졌어요!

행동을 하는 게 쉬워졌고,

앗,
잘 시간이다

퇴근~

몰입을 끊는 것도 쉬워졌습니다.

전에는 퇴근 후 그림 작업을 시작하면
탈진할 때까지 달리다가
며칠 후 몸살 나기를 반복했다는…

…이렇게 엄청 신기한 일들이 있었어요.
근데요 선생님, 이건 딴 얘긴데

전 제가 굉장히 불안이 높은 사람이라고 생각했는데, 검사 결과에서는 왜 불안도가 낮게 나왔을까요?
왜 본인이 불안하다고 생각하셨죠?

왜냐면 제가 매 시간 해야 할 일 알람을 맞춰놓거든요.
보실래요?
알람
오전8:00
알람, 월 화 목 금 토
오후12:50
나갈준비
오후1:15
버스타러나가기/서류챙기기
오후1:47
약국 주차등록, 토요일마다
오후6:42
약국 주차등록, 월 화 목 금
오후7:05
집에가서 사오마 덮개 열기
오후8:00
LTE
오~ 훌륭해요.
네?? 뭐가요

발봉 씨는
늦은 나이에
진단을 받은 만큼,
아마 오랫동안
여러 전략으로

자신도 모르게
ADHD를 극복하며
살고 있었을 거예요.

일상에서 전략이 무너지지 않게
계속 애쓰느라
평소에 불안했을 수도 있죠.
약물치료 하면서
그 전략들이 굴러가는 게
좀더 수월해지면
자연스레 불안함도
줄어들 거예요.
아...
혹시
약 먹고 불편한 점은
없었나요?
불면이랑 울렁거림이
있긴 했는데
심하진 않아요.
그렇군요.
아직 2주밖에 안 됐으니까,
일단 증량 없이 가볼게요.
넵.

2화
전부 너였다 ADHD 증상
성인 ADHD 진단을 받은
발봉이는 ADHD답게
유튜브, SNS 글, 책 등
성인 ADHD 관련 모든 콘텐츠를
섭렵하기 시작했습니다.
ADHD의
평범한 과몰입 광경
꺄아아아아아아아
너무 재밌드아~!!!!

* Susan Young, Jessica Bramham 지음, 최병휘 외 옮김, 『청소년 및 성인을 위한 ADHD의 인지행동치료 제2판』
(시그마프레스 2019), p.5, p.23

그러던 와중…

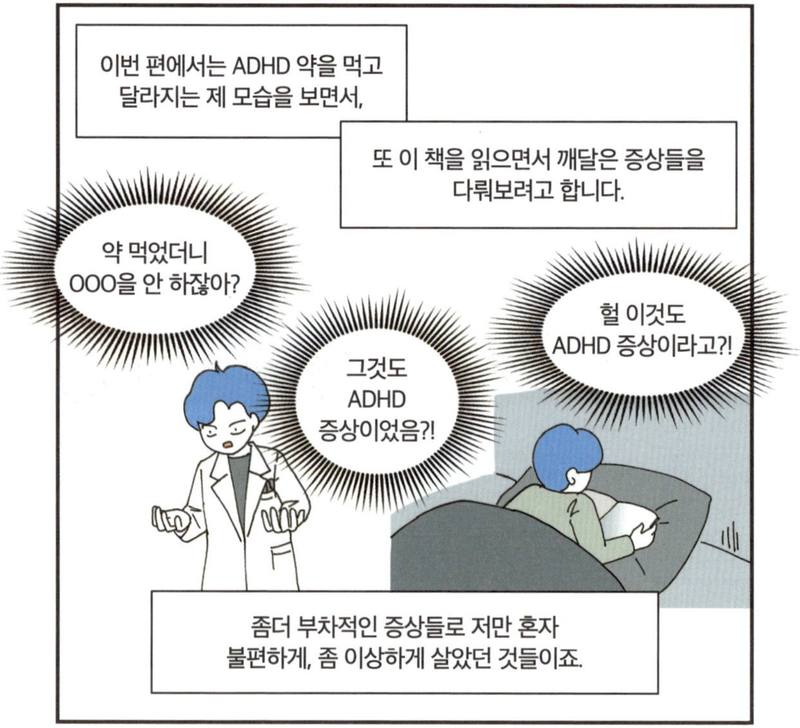

이번 편에서는 ADHD 약을 먹고 달라지는 제 모습을 보면서,

또 이 책을 읽으면서 깨달은 증상들을 다뤄보려고 합니다.

좀더 부차적인 증상들로 저만 혼자 불편하게, 좀 이상하게 살았던 것들이죠.

스스로 ADHD라고 오랫동안 생각하지 않았던 이유는 대표적인 증상인 지각과 물건 잃어버리기가 없었기 때문인데요.
?
히히 막았다!
지각
물건 잃어버림
콸콸콸콸
먼저, 어릴 적부터 지각하거나 약속에 늦는 경우가 많지 않았는데 문제는 생각지 못한 곳에서 새고 있었습니다.
넌 교대 제대로 해주는 게 그렇게 중요하다면서 정작 투약구엔 왜 제시간에 오질 않니? 
점심시간 끝나고 복귀할 때 시간 맞춰서 돌아오셨으면…
어…어?
예… 예?
바로 교대시간에 늦게 복귀하는 문제였죠.

ADHD의 고질병 '시간 계산 실패'가
학생 때는 별다른 문제로 여겨지지 않다가
직장에서 일을 시작하면서부터 드러났던 것입니다.

내가… 그렇게
자주 늦었어…?

저는 동료나 상사에게 부정적인 피드백을 받기 전까지
이에 대해 인지조차 못하고 있었습니다.

다만 집에서 핸드폰을 잃어버리는 일이 그렇게 흔치 않은지 몰랐습니다.

다음으로는 '충동성 조절 문제'.
여러 가지 문제 기전들 중 바로 이 부분에서
제가 가장 많은 증상을 갖고 있다는 걸 알게 됐는데요.

ADHD 환자는 기다리기 어려우며,
생각없이 말하거나 행동하고
결과 예측 사고(consequential thinking) 과정을 거치지 않는 경향이 있다.*

밑줄 쫙!!

*앞의 책, p.18

사소하게는
쇼핑 습관이라든가
이거 그냥 살래.
쇼핑 시작하고
처음 들른 곳
아무리 쇼핑을
싫어해도 그렇지
다른 곳도 좀
보고 사!!!!

불편한 것 못 참는 이슈
약국
차 안
자동 말고 난방…
24도, 풍량은 1…
상하회전하다가
날개 조절해서…
찰칵…
바람 방향… 발만…
아니야 위랑 발…
풍량은 2 정도…
엉따는 1로 하고…
온도는 25도면 되고…
에어컨
장인이세여?
삑삑
삑
드르륵
꾹꾹
꾹

수건 사용하고 구겨 놓기
대체 왜 수건을
항상 안 펴놓는 거야?
에헷

그러고 보니
평생 집에서 수건을
반듯하게 거는 걸
본 적이 없단 말이지…?
아빠 빼고…
핑계도
많다!!
진단 전이라 가족력을 의심 못 함

한 번은 방 안에서
첼로를 하다가 좁아서
활이
닿네?

연습하다 말고 갑자기
방의 가구 배치를
혼자 다 바꿨는데

집에 돌아와
그걸 본 남편이…
엥?
왜 이걸 혼자
다 했어?
나 오면
같이 하지!
그… 그렇네?
나 왜 그랬지?

그 말을 듣고 엄마가 집에서 툭하면
말도 없이 혼자
집 안 가구들을 옮기다가
데자뷰…?
자주 다치셨던 게 생각이 났습니다.

또 정말 ADHD 증상이라고
생각도 못 했던 제 고질병…

동아리 수집러
(뭔가 모집한다는 것만
보면 지나치게 들뜸)

결과를 생각하지 않고
일을 벌인 자의 말로

다
내 꺼다!

근데 왜 이리
힘들지…?

졸준위
집행부
오브리
연주
객원
연주
학술
동아리
통기타
동아리
오케스트라

근데 장모님도
엄청 일 많이 벌리시는
스타일 아니야?

어라

…헐?

깊어지는 의심

그리고 이 부문 대망의 피날레.

얘들아 나 ADHD래!!
☆HAPPY☆
성급한 자기개방

반짝
반짝

병을 공개할 때는 관계의 단계에 따라 적당한 타이밍을
고려해야 한다는 당연한 사실을…

용기 내 말해줘서
고마워!!
얼마나 힘들었을까…

네가?
ADHD라고?
왜??

엥?
ADHD도 공부
잘할 수 있어?

헐! 나도
ADHD인 듯.

?
나한테 왜
이런 얘기를…

어…
음…
이게 아닌데…
어버버

ADHD답게 모두 건너뛴 충동적인 자기개방이었지요.

……
사람들
반응을 보니
너무 성급했던
TMI 방출이었다는
생각이 들었고요…
ㅋ…

근데 또 찾아보니까
자기개방을 급하게 하는 것도
ADHD 증상 중
하나더라고요?!
아이고~~
웬 망신~~
그럴 수도
있지만…
일단 발봉 씨는 자신에게
일어난 좋은 일을 주변 사람들에게
알리고 싶은 마음이었던 거죠?

…좀
서글퍼서도 있어요.

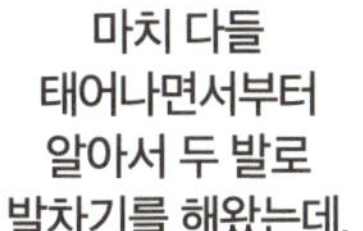

마치 다들 태어나면서부터 알아서 두 발로 발차기를 해왔는데,
난 그걸 모르고 여태 한 발만 쓰면서 겨우 헤엄치며 살다가
약 먹으니까 헤엄치는 게 너무 편해졌어!!
오잉? 너 원래 연못 한 바퀴 도는 데 똑같이 10분 걸렸잖아?
뭐가 달라진 거야?
처음으로 두 발을 다 쓸 수 있게 돼서 좋아하니까, 딱히 나아진 것도 없는데 뭐가 변했는지 묻는 느낌이에요.

하지만
발봉 씨 주변 분들은
그런 걸 모르잖아요.

그렇…죠…

생각보다 많은 이들이
ADHD를 잘못 알고
있습니다.

그래서 'ADHD를 겪는 것이 어떤지
알려줄 수 있는 최고의 정보원은
내담자 자신'*이라는 말이 있어요.

누군가에게
자신의 ADHD 상태를 알리기로
마음먹었다면, ADHD에 관한 자료를
주거나 자신에게 도움이 될 수 있는
방법 등을 직접 설명하는 것이 좋겠죠.

'내가 ADHD야'라고
그냥 지르지 말고
전달하고 싶은 내용을
좀 정리해 말하라는
말씀이군요…

그래도 주변에서 ADHD인지 잘 모르겠다고 하다니, 그 정도 사회성을 가지기 위해 무지하게 애썼겠어요.
왜 이 나이가 되어서야 치료를 시작했나 싶어요.
좀 허무하죠? 고민했던 그 시간들이…
하~
그래도 더 늦지 않게 진단도 받고 약도 잘 듣는 게 어디예요.

참, 이번에 27mg으로 증량했는데, 혹시 복용하면서 불편하신 점은 없었나요?
윽… 선생님 사실은 말이죠…

원인을 알면 나를 믿을 수 있다

프롤로그의 가장 처음 컷, 당시 형편없던 그림 실력으로 겨우 그려낸 흔들리는 유리병 속 아기 발봉이는 ADHD를 떠올릴 때면 가장 강력하게 내 눈앞에 재생되는 이미지다. 아주 어릴 적부터 늘 남들보다 항상 좀더 갸우뚱하고 아슬아슬하게 살고 있다는 느낌이 있었다. 그림 속 아이는 여섯 살이다. 그때부터 난 ADHD 아이의 전형답게 친구들과 조금만 오래 어울리면 항상 싸우고 소리 지르거나 울면서 끝이 났다. 왜 난 항상 기분이 안 좋고 참을 수 없이 화가 나는지 알 수 없었다. 어린 시절로 돌아가고 싶다는 어른들의 상투적인 말을 들을 때면 난 몸서리를 치며 그 시절을 떠나왔다는 사실에 안도한다.

열 살 때 미국에 1년간 살면서 현지 초등학교에 다닌 적이 있다. 선생님이 숙제나 가정통신문을 올려두는 내 개인 서류함에 숙제 종이들이 쉴 새 없이 채워지는 걸 봤는데도 한 달여간 단 한 번도 숙제를 제출하지 않았다.

"비스카차야, 네 숙제는 대체 어디 있니?"

담임 선생님과 ESL 선생님(외국인 학생 언어교육 담당자)이 심각한 표정으로 추궁하던 얼굴이 지금도 또렷하다. 당시의 내가 나 스스로도 이해되지 않았기에, 아주 오랫동안 기억 한구석에 '해석 필요' 박스에 있던 장면 중 하나였다. 지금 생각해보면 모르는 언어로 된 숙제를 서툰 영어로 물어보거나 엄마에게 도움을 요청하기 싫어서 마지막의 마지막까지 외면한 듯하다. 이게 골치 아픈(흥미가 떨어지는) 행위를 극단적으로 제쳐두는 ADHD 미루기 증상 중 하나라는 건 ADHD 공부를 하면서 깨달았다.

고등학생 때 시험을 보면 아무도 안 틀리는 문제를 나 혼자 틀리곤 했다. 난도가 있는 시험에서 성적 자체는 반에서 최고점이었음에도, 그 과목에서 하나를 틀렸을 뿐인데 어려운 문제가 아닌 경우였다. 시험과 관련하여 이런 일들이 종종 있었다. 주로 영어나 언어 과목에서 나오는 '위의 내용과 맞지 않는/위 내용에 해당하는 것은?'류의 매칭 문제였다. 이것은 암병원 근무 당시에도 나를 가장 괴롭혔던 ADHD 특유의 형편없는 작업기억력과 연관이 있다. ADHD인이 흔히 듣는 "멀쩡하게 생긴 놈이 왜 이런 걸 못해?"라는 말에 해당되는 증상이다.

모 의사 선생님의 표현을 빌리자면 이런 어려움은 '단기기억의 화이트보드 크기'와 연관이 있다. ADHD의 경우 일반인보다 이 기억의 화이트보드 크기 자체가 작다는 것이다. 시험문제를 풀 때 본문에서 필요한 정보를 착착 화이트보드에 적어놓고, 보기를 볼 때 그 화이트보드에 이어 적으면서 문제를 풀어야 한다. ADHD인들은 본문에서 해당하는 내용을 끝까지 적을 공간조차 없어서 보기 하나당 수도 없이 본문과 보기 문항을 왔다 갔다 하며 시간을 쓴다. 그 사이에 일어나는 아주 작은 자극으로도 ADHD인은 산만해지기 일쑤라 오류가 나기 십상이다. 그래서 그런지 이해하고 푸는 문제보다 눈으로 정보를 기억해서 옮겨야 하는 종류의 단순한 사실 관계 문제에 나는 항상 약했다. 암병원 조제에서도 중간 기록 없이 눈으로만 '매우 빠른 시간 내' 시선을 교차하며 조제 상황을 기억하고 '정확하게' 수행해야 하는 능력이 필요했는데 난 빠르지도 정확하지도 못했다. 아무리 해도 익숙해지지 않는 일이었다.

ADHD 진단으로 인생의 정말 많은 의문이 풀렸다. 이걸 일찍 알았다면 뭔가 바뀌지 않았을까 하는 회한이 없지도 않다. 하지만 약물치료를 받는다고 순식간에 무적이 되는 게 아니다. 좀더 '정상' 상태에 수월하게 도달하는 것뿐이다.

인생에 만약이라는 건 없다. 여전히, 나는 약의 복용에 따라 달라지는 나의 모습들이나 약을 먹지 않은 날에 불쑥불쑥 튀어나오는 ADHD 증상을 보며 ADHD 뇌가 내 삶의 아주 사소한 곳까지 들어와 있음을 체감한다. 그 증상들이 꼭 부정적인 것만은 아니다. 중요한 것은 이유를 아는 것이다. 원인을 알면 이해가 되고 이해를 하면 사랑할 수 있다. 나를 믿을 수 있다.

약물치료 시작 전,
부작용에 대한 불안에
"아는 게 병이다" 모먼트를
겪었던 유발봉 씨.

실제로 겪었던 부작용은
어땠을까요?

발봉 씨의 첫 처방은

성분 : 메틸페니데이트
제형/용량 : OROS정 18mg
용법 : 아침 식후

※ 주의 ※
사람마다 약물에 대한 반응이
다르므로 참고만 하길 바랍니다.

2시간 후

첫날엔 걱정했던 대로 오심(구역감)과 불면 둘 다 심했습니다.

그밖에 식욕이 떨어지는 것도 매우 특징적인 부작용이었습니다만

시간이 지나면서 적응이 되었고,
이런 부작용들은 무시할 수 있을 정도로 약 효과가 잘 나타나서
좋은 의미로 정신을 못 차리는 첫 한 달을 보냈습니다.

18mg을 바로 다음 용량인 27mg으로 증량하자

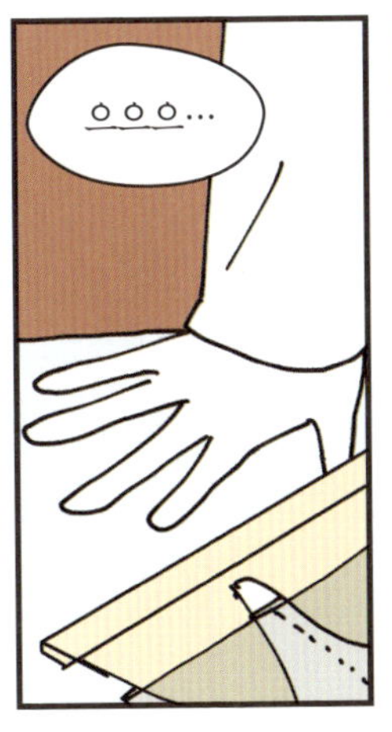

그 외에도 저용량에서는 적응했거나
미미했던 부작용들이 견딜 수 없을 정도로 심해졌습니다.

불면증이 너무 심해져서 거의 밤을 지새웠고

하…
누운 지 5시간째…

….

신경이 날카로워지고
심장이 두근거리는 증상이
더해졌습니다.

중추신경자극제인
메틸페니데이트가
뇌의 경계 시스템을
활성화시켜
나타나는 부작용들.

반 줄 먹고
남긴 김밥

휴…

식욕 억제가 너무 심해서 끼니마다
밥을 끝까지 먹는 게 고역이었어요.

가장 괴로웠던 건
불면증이었음.

으으…

이렇게
살 순 없어…

당장 큰 효과를 봐야 할 정도로
증량이 급한 상황은 아니어서
이전 용량으로 약 두 달 정도 치료를 지속했습니다.

이 성분은 용량에 따라 부작용이 커질 수도 있어서
자신에게 맞는 용량을 찾는 것이 중요하거든요.

그러다 두 달째부터
아토목세틴으로 약을
바꿨는데요.

아시겠지만
아토목세틴은
메틸페니데이트와
기전이 달라요.

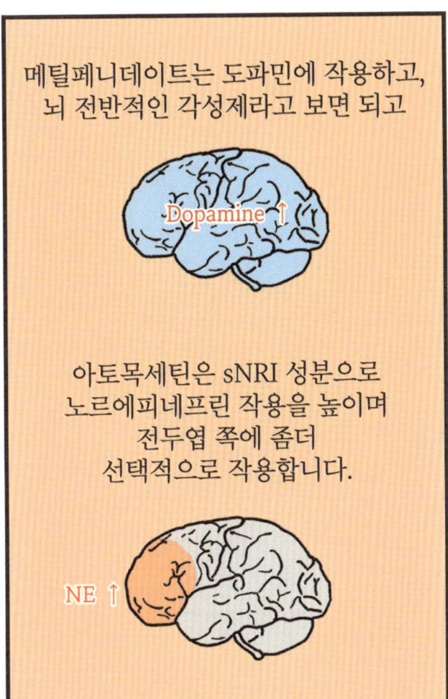
메틸페니데이트는 도파민에 작용하고,
뇌 전반적인 각성제라고 보면 되고

Dopamine ↑

아토목세틴은 sNRI 성분으로
노르에피네프린 작용을 높이며
전두엽 쪽에 좀더
선택적으로 작용합니다.

NE ↑

무엇보다 부작용이
메틸페니데이트보다는
좀 더 적다는 장점이 있죠.

대신 4~6주 정도는 지나야
효과에 완전히 도달하니까,
일단 꾸준히 먹어봅시다.

18mg으로 시작할게요

넵.

아토목세틴은 긴장감이나 두근거림을 유발하고 수면의 질을 낮추지만

반대로 저처럼 낮에 심하게 졸린 부작용을 겪는 경우도 많다고 합니다.

일	월	화	수
27	28	29	
3	4	5	
10	11	12	
17	18	19	
24	25	26	
1	2		

지금까지 부작용 위주로
약물치료 경과를 훑어봤는데요.
심계항진
식욕하락
목마름
의존성
불안
불면
위장장애
이중 발봉이의 삶의 질을
가장 크게 저해하는 부작용은

복약 순응도 저하의
가장 큰 원인
'식욕억제'입니다.
점심 뭐 드실래요?
네?
그냥 안 먹고 싶네요…
엉엉엉
더 먹고 싶은데 더 먹기 싫어…!
왜 줘도 못 먹니!!
최애 음식: 간장게장
좋아하는 음식을
맛있게 못 먹는 게
생각보다 멘탈 충격이 크더라고요.

그래서 모임이 있을 때마다 저는 늘 딜레마에 빠집니다…
모임 중 급발진을 통제하고 반추 없는 귀갓길을 누릴 것이냐
약 먹기
약 안 먹기
맛있는 식사를 누릴 것이냐!

여러분의 가장 괴로운
약물 부작용은 어떤 것이었나요?

* 펄 벅의 소설 『대지』에서 주인공 왕룽이 아들의 우울장애 증상으로 당황하는 장면

반면 ADHD라고 말하면
꼭 듣는 말이 정해져 있는데…

와, 꽃 다 폈다.

아니 주말 내내 비 오더니
왜 갑자기 날씨 좋냐며.

ㅋㅋ

발봉 고향친구
벌꿀

병원 놀러 옴

쉬는 시간

"**나도 ADHD다**"인 것 같아.

두둥탁
이중 실제로 ADHD 진단을
받은 사람은 아무도 없었다.
…저기 땋은 머리
나지?
?!
ㅇㅇ!

왜 이렇게 병원의 진단 없이도
본인이 ADHD라고 말하는 사람들이
많을까?

…

흠

유발봉 본체
비스카챠

내가 반복적으로 겪었던 이 특이한 현상에 대해
좀 생각을 해봤단 말이지?

일단 성인 ADHD 자체에 대한 오해가 좀 있는 것 같아.

만화
유튜브
드라마
SNS
관련 글들
영화
미디어에서 정신 질환 콘텐츠들이 유행하는 시기가 있잖아?

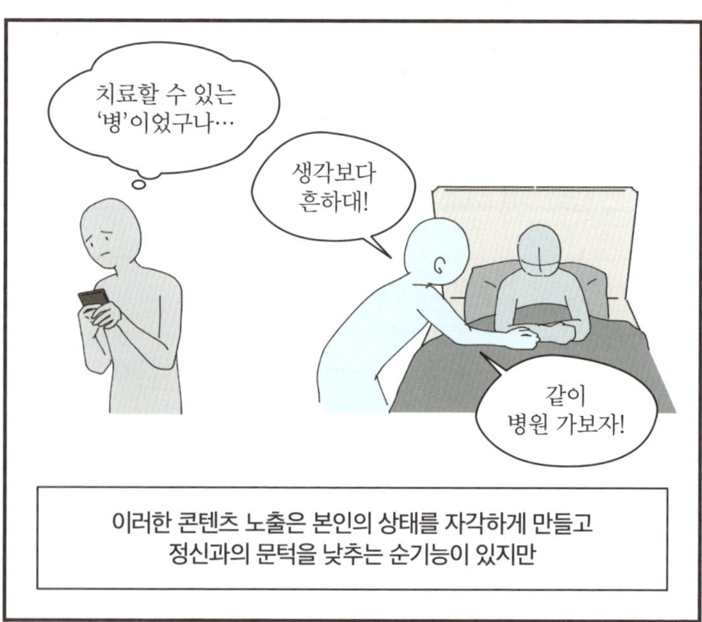

치료할 수 있는 '병'이었구나…
생각보다 흔하대!
같이 병원 가보자!
이러한 콘텐츠 노출은 본인의 상태를 자각하게 만들고 정신과의 문턱을 낮추는 순기능이 있지만

동시에 '콘텐츠로 접한 지식'답게
파편적인 지식의 재생산도 일어난다는 문제가 있어.
난
○ ○ ○ 전문가!
○ ○ ○ 질환 관련 영상
3개 본 사람
스윽
누구세여
이 과정에서 잘못된 개념이나
오해가 같이 쉽게 퍼지는데,
이중 내가 본 성인 ADHD와 관련된
가장 큰 오해는…

성인 ADHD를
'성인이 되어 새로 생기는 병'이라 생각하는 거야.

초딩 때부터
그랬나용?

아니 작년부터!

엥? 소아 ADHD랑
성인 ADHD가 따로 있는 게
아니야?

아니야…

그럼 왜 이름이
성인 ADHD래?

설명해줄게.

ADHD는 진단기준상 신경발달장애의 일종으로
성인이 된 후 새로 생기는 질환이 아니야.

Table 1. Criteria and Guidelines for Adult ADHD

Criteria	Description
DSM-5 adult-specific ADHD revisions[33]	• Examples added to the criterion items to facilitate application across the life span • The cross-situational requirement strengthened to several symptoms in each setting • The onset criterion changed from "symptoms that caused impairment were present before age 7 years" to "several inattentive or hyperactive-impulsive symptoms were present prior to age 12" • Subtypes replaced with presentation specifiers that map directly to the prior subtypes • A comorbid diagnosis with autism spectrum disorder is now allowed • A symptom threshold change ma… significant ADHD impairment, w… those under 12 both for inattent… • ADHD now placed in the neurode… correlates with ADHD and elimi… in infancy, childhood, or adolesc…
Proposed criteria for ADHD in adults[34]	• Is easily distracted • Makes impulsive decisions • Has difficulty stopping activities or behaviors when they should be stopped • Starts projects or tasks without reading or listening to directions • Does not follow through on promises or commitments • Has trouble doing things in the proper order or sequence • Drives a motor vehicle much faster than others (excessive speeding) or has difficulty engaging quietly in leisure activities • Has difficulty sustaining attention in tasks or recreational activities • Has difficulty organizing tasks and activities
Adult ADHD screen questionnaire (Adult ADHD Self-Report Scale–V1.1)[35]	• How often do you have trouble wrapping up the final details of a project, once the challenging parts have been done? • How often do you have difficulty getting things in order when you have to do a task that requires organization? • How often do you have problems remembering appointments or obligations? • When you have a task that requires a lot of thought, how often do you avoid or delay getting started? • How often do you fidget or squirm with your hands or feet when you have to sit down for a long time? • How often do you feel overly active and compelled to do things, like you were driven by a motor?

Abbreviations: ADHD = attention-deficit/hyperactivity disorder, *DSM* = *Diagnostic and Statistical Manual of Mental Disorders.*

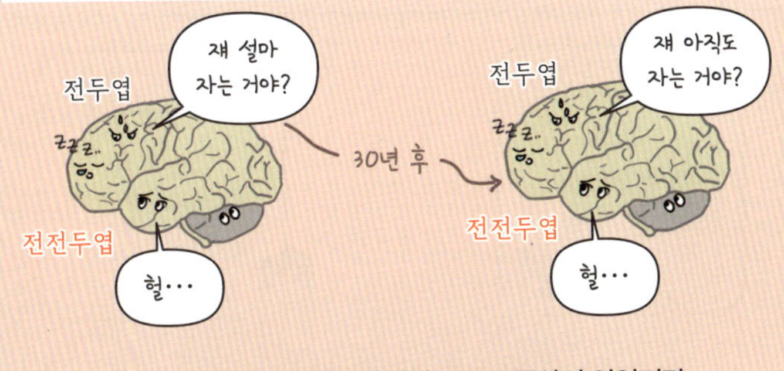

따라서 성인 ADHD란 아동기에 ADHD 증상이 있었지만
진단을 놓쳤다가 성인기에 문제를 자각하면서
뒤늦게 진단이 되는 경우라고 봐야 해.

* 「Adult Attention-Deficit/Hyperactivity Disorder Diagnosis, Management, and Treatment in the DSM-5 Era」 David W. Goodman, MD; Joel L. Young, MD Prim Care Companion CNS Disord 2016;18(6)

근데… 너 혹시 ADHD가 어떤 약자인지 아니?
그치?
모름.

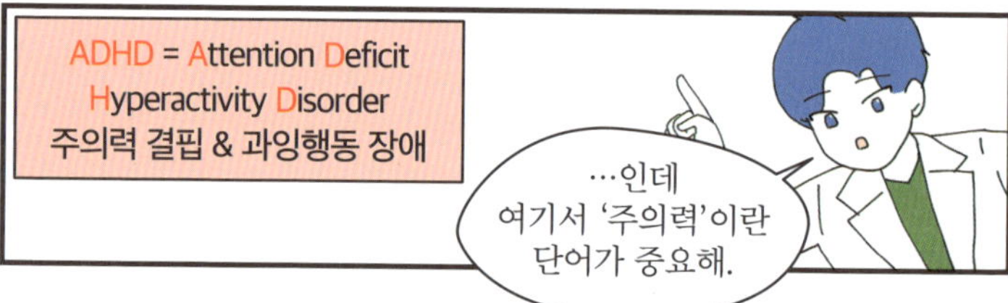
ADHD = Attention Deficit Hyperactivity Disorder
주의력 결핍 & 과잉행동 장애
…인데 여기서 '주의력'이란 단어가 중요해.

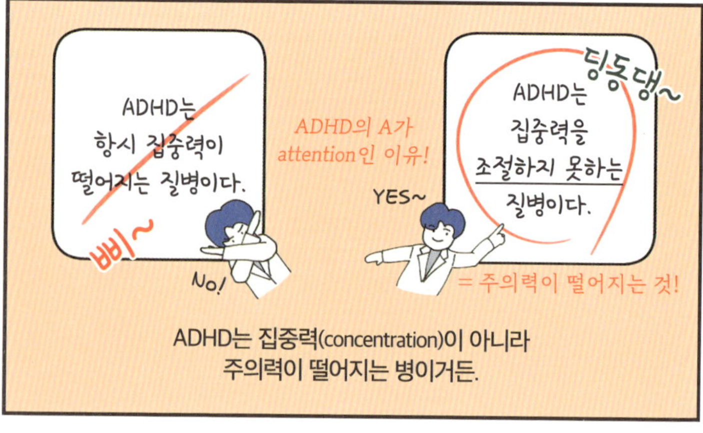
ADHD는 항시 집중력이 떨어지는 질병이다.
삐~
No!
ADHD의 A가 attention인 이유!
YES~
딩동댕~
ADHD는 집중력을 조절하지 못하는 질병이다.
= 주의력이 떨어지는 것!
ADHD는 집중력(concentration)이 아니라 주의력이 떨어지는 병이거든.

ON!
OFF.
ADHD는 전두엽에
도파민 농도가 낮아
집중력을 적절하게
켜고 끄는
기능이 떨어져.

집중력이
항상 낮은 게 아니라,
필요한 순간에 집중하지 못하다가
예) 다른 할 일이 있는데도
흥미가 가는 특정 일을
지나치게 오래 하거나
나갈 시간이 임박한데
집 청소를 멈추지 않는 등.
적절하지 않은 상황에서
과하게 집중하는 모습을
둘 다 갖는 것이 특징이야.

그러니까 '최근'에 생긴,
집중력이 '전반적으로' 떨어지는
증상이라면
ADHD일 가능성이
낮은 거지.
언제부터?
전반적 or
대중없이?
오호

* 안주연 『어쩌면 ADHD 때문일지도 몰라』 (EBS BOOKS 2024) p.89~p.90

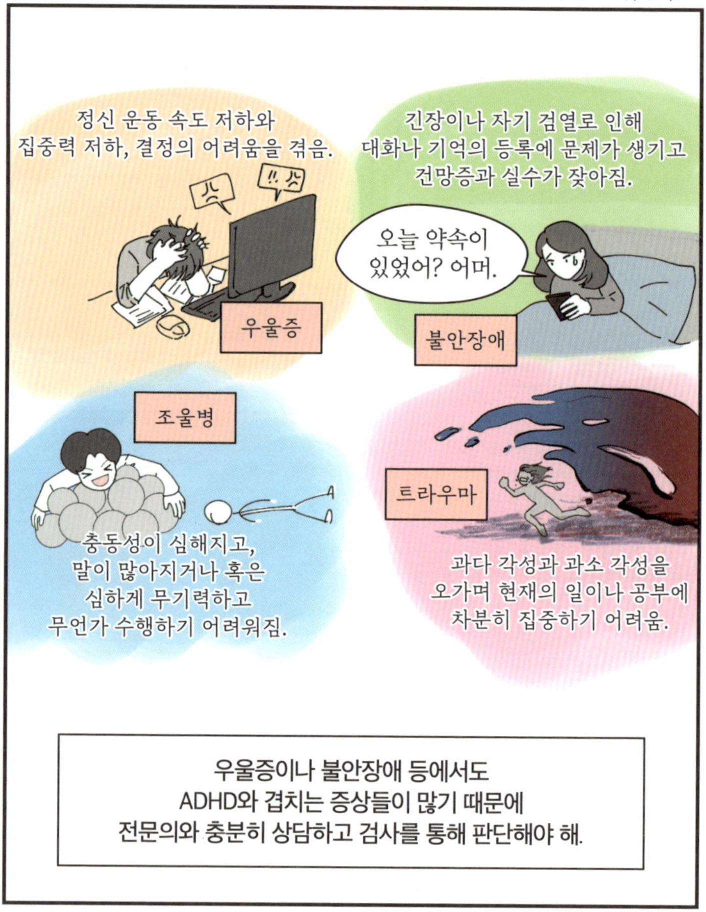

그러니까 내가 하고 싶은 말은 꼭 병원에 가서 확실하게 진단을 받고 적확한 치료를 받았으면 좋겠다는 것!
자가진단 NO!

…이지만,
병원에 쉽게 갈 수 없었던 이유가 있었던 거지?
……
……
근질근질~

일단 무섭잖아!
어서 와~
신경 정신의학 과
호달달~
태어나서 정신과는 한 번도 가본 적 없단 말이야…

내가 한창
ADHD인지 고민했을 때는,
퇴근하고 뻗는 것 말고는
아무것도 못 하던
시기였어.

퇴···근···

6개월 대기
퇴근하고 가면
이미 닫음.
검사비
mm만원?!
누워 있는 것밖에
못하는데 병원은 언제 알아보고,
어떻게 거기까지 가겠어.

솔직히 말하자면···
너한테 이런 말 해도
괜찮을지 모르겠지만
병원에 가서
뭐라도 진단명이
나온다면,
내가 정신적으로
이상한 사람이라고
확정 짓는 것 같아서
싫었어.

김두돌
정신과
난 ADHD 진단 받았을 때 마냥 신났거든. 내 삶의 정답을 찾은 것 같아서…

아니야!
말해줘서 고마워.

정작 나와 다른 사람들이 가질 수 있는 그런 두려움들은 잘 헤아리지 못했던 것 같아.
예전엔 나의 ADHD에 대해서 본인도 ADHD 같다고 반응하는 사람들을 보면 불쾌감이 앞섰다.

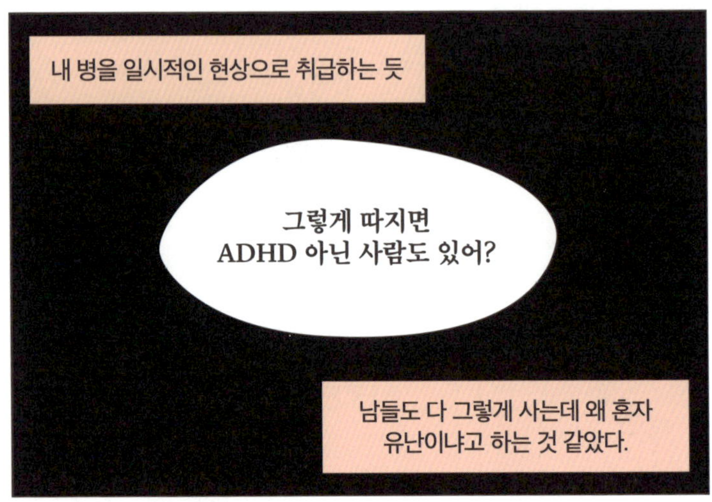

내 병을 일시적인 현상으로 취급하는 듯
그렇게 따지면 ADHD 아닌 사람도 있어?
남들도 다 그렇게 사는데 왜 혼자 유난이냐고 하는 것 같았다.

하지만 시간이 흐르며 그들도 결국 자신의 삶의 힘든 점을
나도 완전 ADHD잖아!!

그리고 남들과 자신이 다르다고 느꼈던 부분을 말하고 싶은 것뿐이었다는 걸 알게 되었다.
혹시나 내가 ADHD도 아니라면
대체 난 뭐지?
대체 뭔데 이렇게 괴로울까.

그들도 언젠가는 답을 찾기를.
그게 치료법이 있는 병이든
그게 아닌 무언가이든.
나의 삶을 세심히 들여다보다 보면
고통이 조금은 옅어지기 마련이니까.
너 퇴사 언제 한다고?
다음 달.
부럽다.
너무 많이 남았어.

똑똑한 바보

ADHD의 직장생활

최근에, ADHD인들에게
의외로 잘 맞는 직업 중 1위가
응급실 의사라고
소개하는 영상을 봤어요.

일을 막 시작했던 사회 초년생 시절,
약제부장님의 질문에 너무나
ADHD스러운 대답을 했습니다.

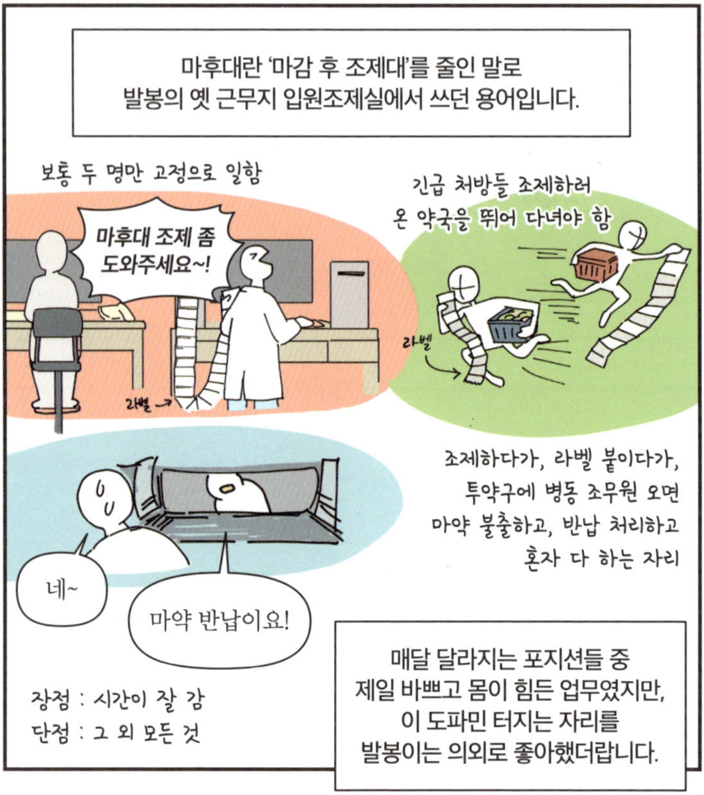

마후대란 '마감 후 조제대'를 줄인 말로
발봉의 옛 근무지 입원조제실에서 쓰던 용어입니다.

보통 두 명만 고정으로 일함
마후대 조제 좀 도와주세요~!
라벨 →
긴급 처방들 조제하러 온 약국을 뛰어 다녀야 함
라벨
조제하다가, 라벨 붙이다가, 투약구에 병동 조무원 오면 마약 불출하고, 반납 처리하고 혼자 다 하는 자리
네~
마약 반납이요!
장점 : 시간이 잘 감
단점 : 그 외 모든 것
매달 달라지는 포지션들 중 제일 바쁘고 몸이 힘든 업무였지만, 이 도파민 터지는 자리를 발봉이는 의외로 좋아했더랍니다.

…!!
♥♥♥
발봉 쌤 일 잘하는 것 같아요. 순발력도 좋고, 정확하고.
잘한다고 칭찬도 많이 들었죠.

잡다한 정보를 한꺼번에 인지함,
지루하지 않은 업무 선호,
타임어택이 있을 때 나오는 과몰입,
혼란 중 오히려 침착해지는 특성 등…

…이렇게 생각하면
ADHD인들은 응급실
체질일지도?

흠~

비슷한 듯 많이
달랐던 다음 병원
외래약국에서의
널 떠올려봐.

아.

발봉의 본체(비스카차)

좀 전에 언급한 첫 병원에서 1년 후 이직한
발봉이는 외래약국으로 발령을 받았는데요.

대충 매우 고전했다는 이야기
여러 명이서
확 몰려들어 해치워야 하는
종류의 일이라…
끊임없이 일을 뚝뚝 끊고
나누느라 작업기억력이
떨어지는 ADHD인에겐
고난의 환경이었지.
어휴…
해결하지도 못할 온갖 일
다 신경쓰면서 조제하다가
아무도 안 하는 실수를
왕창하고…

특히 기록을 못 하고 처리하는 일에서는 거의 항상 사고가 났습니다.

예를 들어

컴퓨터 모니터에는 펜으로 표시하면서 업무를 할 수가 없잖아요?

근데 제가 '눈으로 정보를 옮기는 일'을 심각하게 못하거든요.

ADHD의 작업기억력 문제로 추정

펄럭

왔다 갔다 오천 번 반복 중

펄럭

?

?

DE

ABC

ABC

책 읽다가 페이지 마지막에 문장이 중간에서 끊기면

종이를 넘기는 사이에 그 전 페이지 내용을 까먹어서 다음 내용과 연결을 못 시킴.

책 읽는 속도가 매우 느린 이유!

일종의 난독증 아니야?

그런가

외래약국에서 눈으로만 보면서 순서를 빼먹지 않고 차근차근해야 하는 대표적인 일로 컴퓨터로 기계 작동시키기가 있었는데요.

처방 접수

약 포장할 정보를 환자 요청대로 주문 제작해서 보냄

ATC*
(약 포장 기계)

약봉지 안으로 약이 떨어짐

한 포씩 포장되어 나옴

요 단계를 주목!

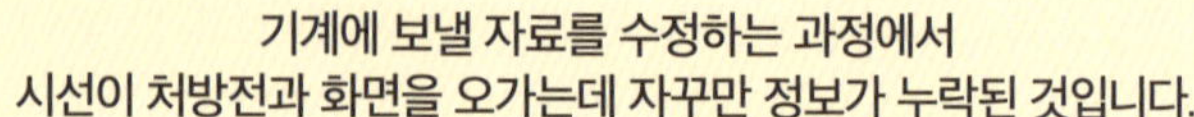

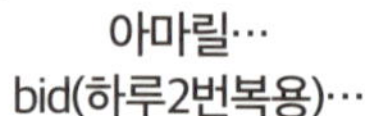

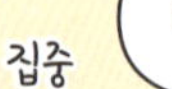

정리하자면

앉아 있다고 꿀 빤다 했는데
난 최악이었어!

따라서•••
의외로 ADHD에게 잘 맞는 직업 :
응급실 의사?
내 생각에 이 얘기는
반은 맞고 반은 틀려.
암병원은 더 심각했는데…
그건 별개로 다뤄야겠지…
끄적끄적

장점

영상에 나온 대로
ADHD 특성 때문에
다 듣고, 다 보고 있어서
유리할 수도 있지만

…이자 단점

으어어

다 듣고 다 보여서,
더 혼란스럽고
더 빠르게
지칠 수도 있어.

그리고 혼자서 커버할 수 있는 업무에서는
평균 이상의 퍼포먼스를 보일 수 있지만

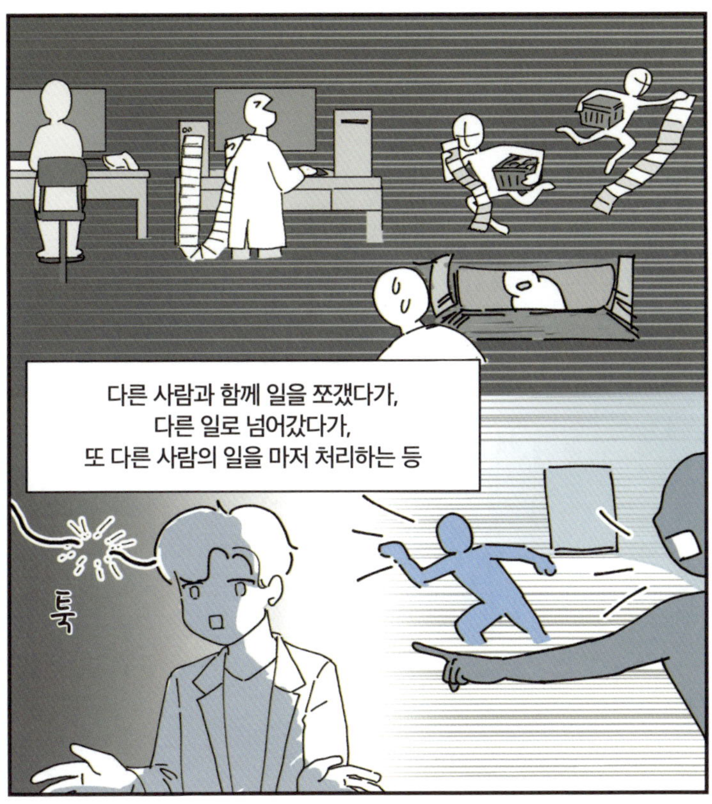

다른 사람과 함께 일을 쪼갰다가,
다른 일로 넘어갔다가,
또 다른 사람의 일을 마저 처리하는 등
툭

끊임없이 주의력 전환이 필요한
업무환경에서는 혼자 일할 때와 다르게
어처구니없는 실수를 하게 되지.

그게 전부
ADHD 때문이었던 것이야.

난 내가 왜 부서별로
일을 잘한다고 했다가
빌런으로 소문났다가
하는지 이해가 안 됐었는데…

ADHD 공부를
하고 나서야
알게 되었어!

흑흑흑흑

이거 봐라

그래서 ADHD를 가진 사람들을
'똑똑한 바보'라고도 부르지.

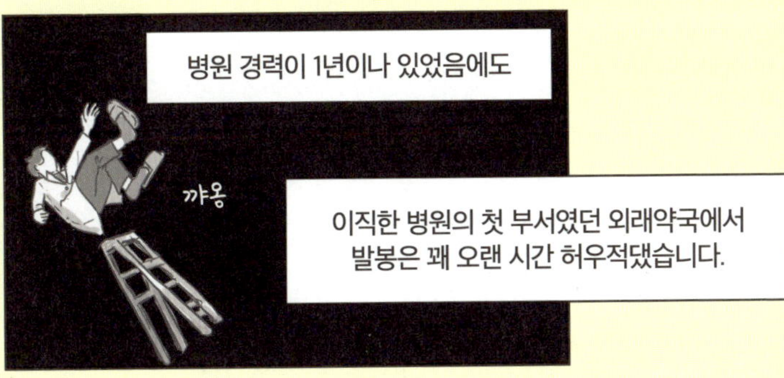

ADHD 특성은 입원 업무보다
외래 업무를 하는 부서들에서 특히 치명적이었습니다.

모든 일이 지나간 후 ADHD 치료를 하며
당시를 돌아보고서야 알게 된 사실이에요.

물론 당시에 알았어도

라고는 말 못했겠지만요.

이해를 위해 외래 업무를
설명을 해보면요,

'외래' 처방약이란 병원을 방문하여
진료, 검사, 치료를 받고
당일에 집으로 돌아가는 환자가
받는 약을 말합니다.

보통 환자들이
'약국' 하면
떠올리는 형태랑
같은 시스템입니다.

바깥 외   올 래
外 來

환자가 와야 업무가 시작됨

아, 그치.

外   來
진료 후 처방 접수
행위(복약지도) & 물품(약)
당일에
밖에서 옴
당일에
집으로 감
약국
환자
환자

마감된 처방의 조제까지 끝나야
(=마지막 환자가 떠나야)
약국 문을 닫을 수 있음.

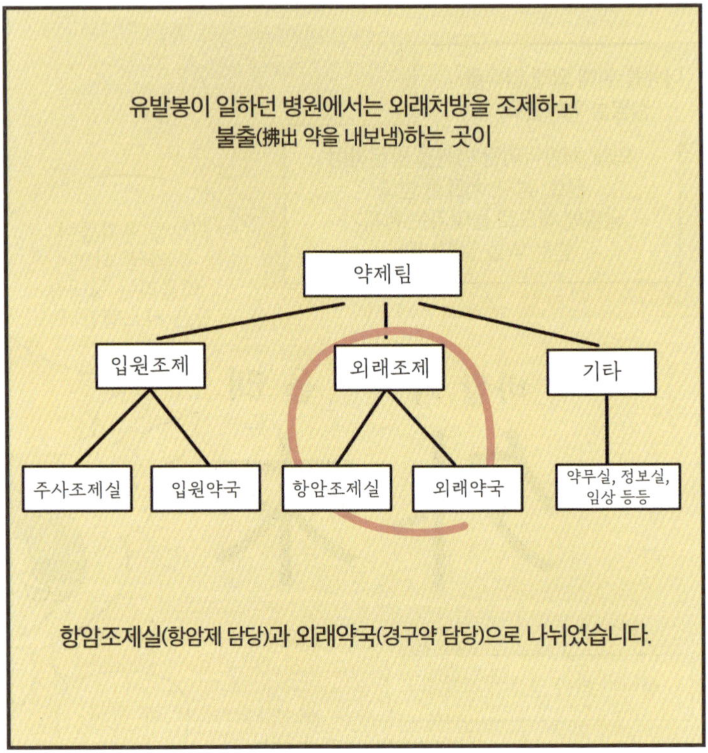

유발봉이 일하던 병원에서는 외래처방을 조제하고
불출(拂出 약을 내보냄)하는 곳이

약제팀

입원조제

외래조제

기타

주사조제실

입원약국

항암조제실

외래약국

약무실, 정보실,
임상 등등

항암조제실(항암제 담당)과 외래약국(경구약 담당)으로 나뉘었습니다.

환자는 끊임없이 오고, 약을 받아야 환자가 가니까…

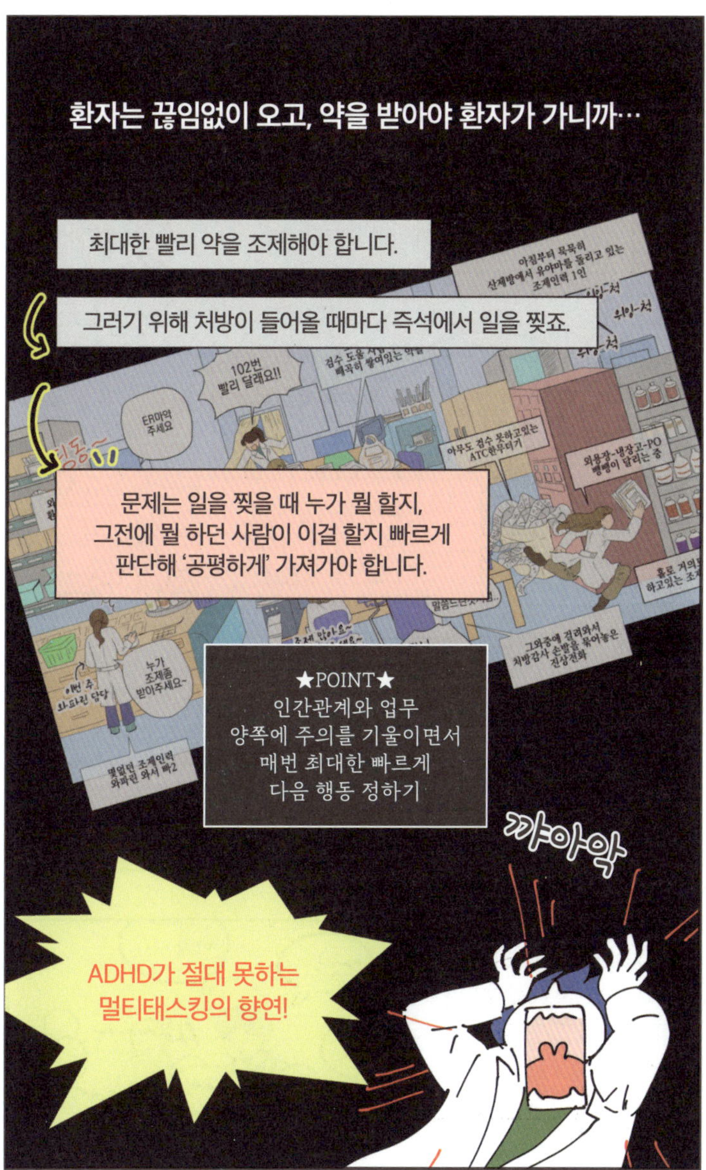

최대한 빨리 약을 조제해야 합니다.
그러기 위해 처방이 들어올 때마다 즉석에서 일을 찢죠.
아침부터 묵묵히 산제방에서 유야마를 돌리고 있는 조제인력 1인
위양-척
위양-척
위양-척
102번 빨리 달래요!!
검수 도울 사람 빼곡히 쌓여있는 약들
ER마약 주세요
아무도 접수 못하고있는 ATC환부더기
외용장-냉장고-PO 행팽이 달리는 중
링동ᄋᄋ
문제는 일을 찢을 때 누가 뭘 할지,
그전에 뭘 하던 사람이 이걸 할지 빠르게
판단해 '공평하게' 가져가야 합니다.
홀로 거의
하고있는 조제
조제 많아요~
누가 조제좀 받아주세요~
이번 주 와파린 담당
그와중에 걸려와서 처방감사 손발을 묶어놓은 진상전화
몇없던 조제인력 와파린 와서 빠2
★POINT★
인간관계와 업무
양쪽에 주의를 기울이면서
매번 최대한 빠르게
다음 행동 정하기
까아악
ADHD가 절대 못하는
멀티태스킹의 향연!

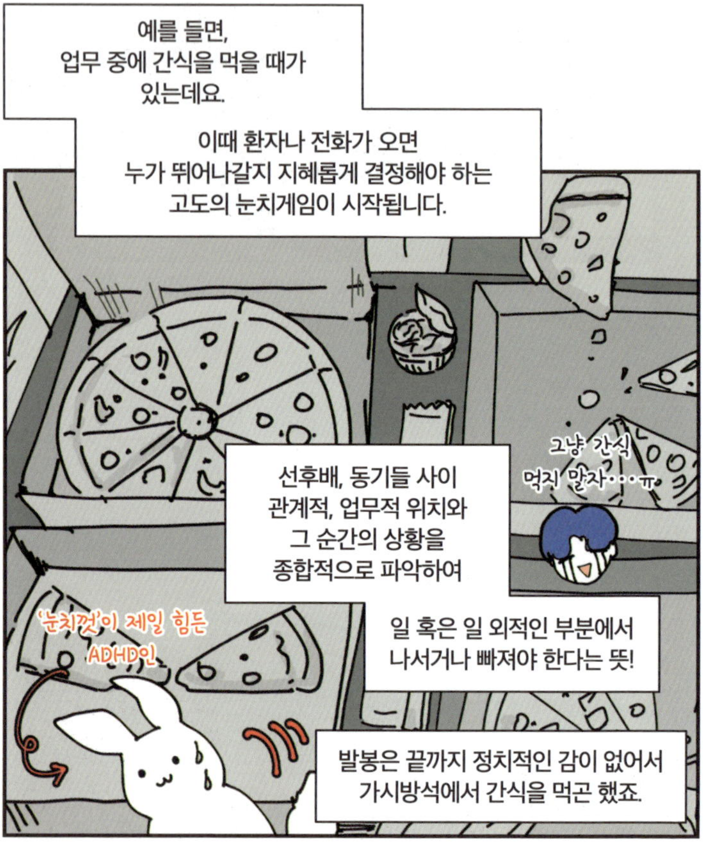

예를 들면,
업무 중에 간식을 먹을 때가
있는데요.
이때 환자나 전화가 오면
누가 뛰어나갈지 지혜롭게 결정해야 하는
고도의 눈치게임이 시작됩니다.
그냥 간식
먹지 말자…ㅠ
선후배, 동기들 사이
관계적, 업무적 위치와
그 순간의 상황을
종합적으로 파악하여
일 혹은 일 외적인 부분에서
나서거나 빠져야 한다는 뜻!
'눈치껏'이 제일 힘든
ADHD인
발봉은 끝까지 정치적인 감이 없어서
가시방석에서 간식을 먹곤 했죠.

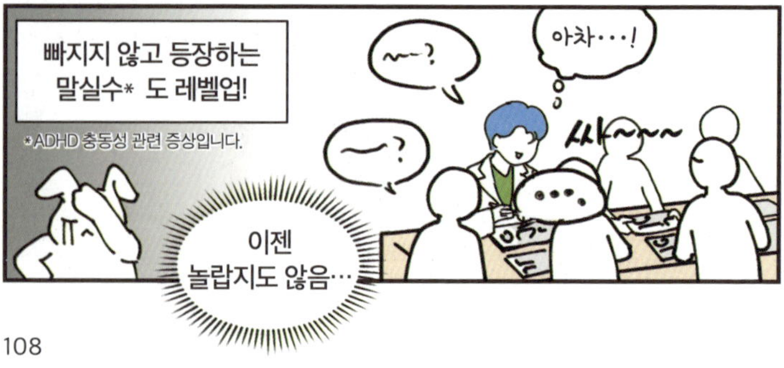

빠지지 않고 등장하는
말실수* 도 레벨업!
*ADHD 충동성 관련 증상입니다.
~~?
아차…!
~~?
싸~~~
이젠
놀랍지도 않음…

참고로 멀티태스킹이 ADHD의 취약점이란 것도
치료를 받으면서 알게 된 사실입니다.

발봉 씨가 학생 때 했던
공연 동아리같이…
'달성해야 하는 목표'가 있는
단체생활에서는

'목표 도달하기'와 '인간관계 챙기기'
이 두 개를 같이하는 게
아마 ADHD 때문에 더 힘들었을 거예요.

그걸 동시에 하는 것도
일종의 멀티태스킹이거든요.

헐? 그것도
ADHD 증상이었던 거예요?

그러니까
요즘 하는 연주 모임에서
힘들어한 부분도
약효가 나타나면 좀 더
수월해질 수도 있어요.

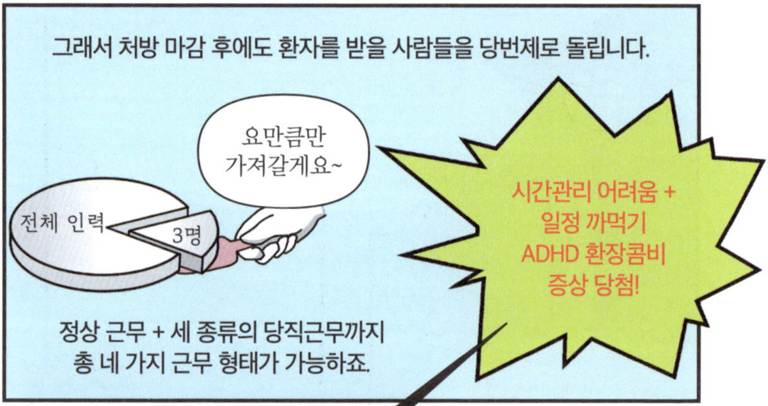

그래서 처방 마감 후에도 환자를 받을 사람들을 당번제로 돌립니다.

정상 근무 + 세 종류의 당직근무까지
총 네 가지 근무 형태가 가능하죠.

결과는? 들쑥날쑥한 출퇴근 시간!

날짜	7일	8일	
OT	김○○	이○○	
Shift 1번	이○○	류○○	임○○
Shift 2번	권○○		
날짜	14일		
OT	류○○		
Shift 1번	임○○	○○	○○
Shift 2번	채○○	조○○	권○○
날짜	21		
OT			

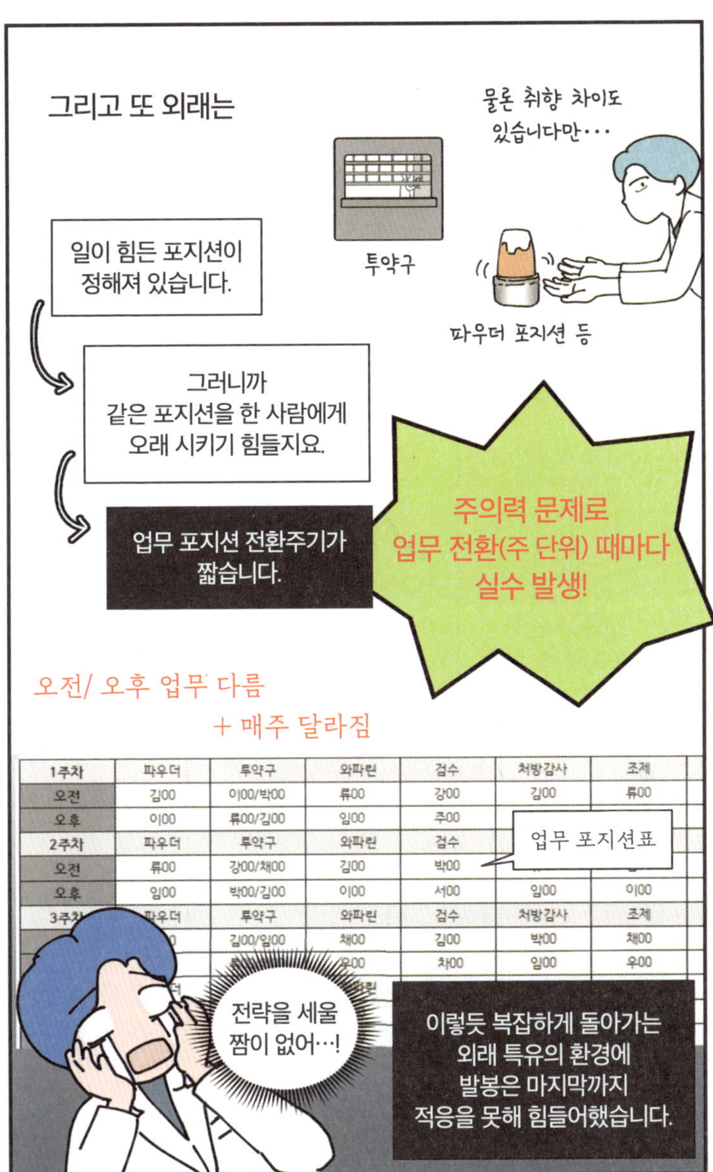

1주차	파우더	투약구	와파린	검수	처방감사	조제
오전	김OO	이OO/박OO	류OO	강OO	김OO	류OO
오후	이OO	류OO/김OO	임OO	주OO		
2주차	파우더	투약구	와파린	검수		
오전	류OO	강OO/채OO	김OO	박OO		
오후	임OO	박OO/김OO	이OO	서OO	임OO	이OO
3주차	파우더	투약구	와파린	검수	처방감사	조제
오전		김OO/임OO	채OO	김OO	박OO	채OO
오후			우OO	차OO	임OO	우OO

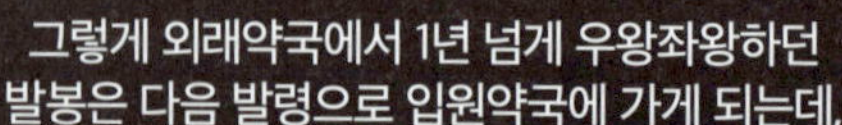

정해진 마감시간
전까지만 준비하면 됨

↓

일을 미리
분배한 대로
업무를 할 수 있음!

들입 집원

入 院

병원 안에 이틀 이상 있는
환자들을 위해
필요한 행위
혹은 약품을 제공함.

비교적
균형 있는
포지션 배분

↓

업무 로테이션
주기가 길어짐
(한 달)

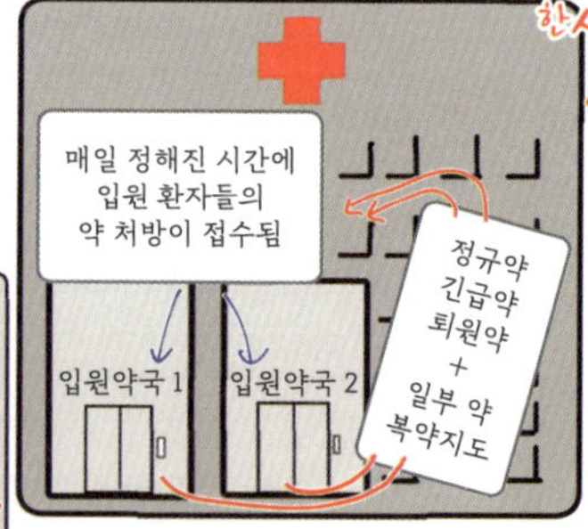

퇴근시간까지만
처방을 조제하고,
남은 처방들은
나이트가 이어 받음

→

출퇴근 시간
일정!

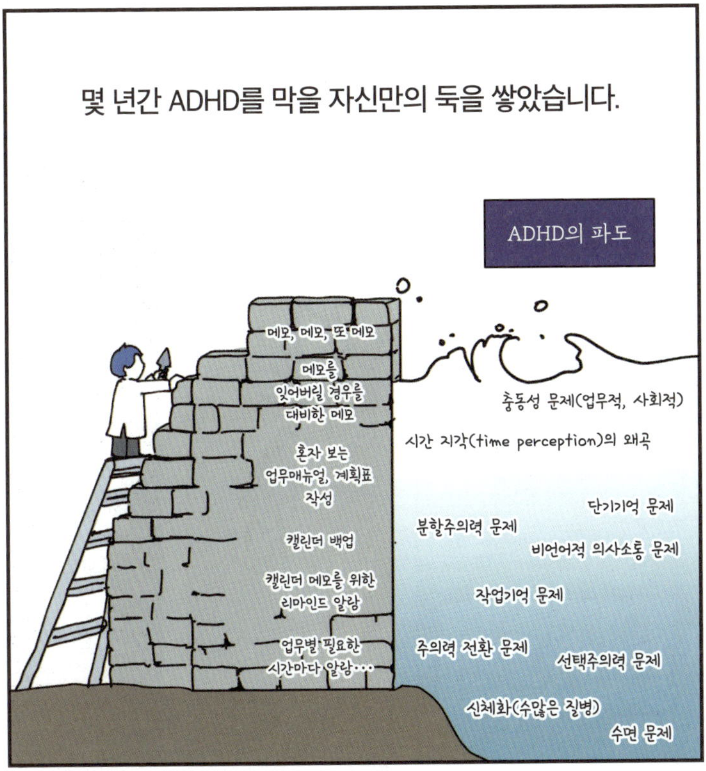

몇 년간 ADHD를 막을 자신만의 둑을 쌓았습니다.

하지만 2년 후
발봉 쌤
다음 달부터
암병원 발령이에요.

철
썩

너무
겁먹지 마요~
거기도 다
사람
사는 곳이야.

…그래서 ADHD 환자들은
이 단기기억을 적어놓는
'칠판의 면적'이 작다~는 거죠!
ADHD!
작업기억력 문제도
ADHD 증상이군요~!

철
썩~

무
균
조
제

올 것이 온 것입니다.
그동안 겨우 막고 있었던
ADHD 증상들을
해일처럼 쏟아지게 만들었던
'무균 주사조제'

그중에서 최악인
항암제(외래) 주사조제.

콱!!

삐--------

네가 앉은 벤치가
조제가 너무 느려서…
애들이 힘들대…

일을 배우는 입장이어도
니가 선배잖아.
더 잘해야지.

왜 바이알
개수가
안 맞는 건데?

발봉 쌤이랑
일 못 하겠대.

아…

말해줘야
할 것 같아서…

여기서 일하지 않았다면
발봉이는 자신이
ADHD인 걸 굳이
알려고 하지 않았을 수 있습니다.

어쩌면 퇴사와 정신과 방문을
결심하게 한 이곳을
발봉은 고마워해야 할지도
모르겠네요.

덜덜덜덜…

잔량
몇 ml까지 넣었는지
기억 안 나요?

아무리 알람을 맞춰놔도…
벤치에서 손을 뺄 수 없기 때문에
핸드폰이나 워치를 확인하거나
세팅할 수 없는 환경.
눈으로만 모든 것을 외우고
계획해 절대로 틀리지 않아야 하는,
몇 분이라도 지체되면 모두에게
민폐를 끼치는 환경.
무균조제 시엔
철저하게
손이 벤치 안에만 있어야 한다.
메모를 해도…
끊임없이 쌓이는 수액들 사이로
종이는 사라지거나
후드의 음압으로 날라가고
눈 깜짝할 사이에 내가 놨던 바이알, 주사기,
수액 위치가 바뀌는 조제환경.
조제오류 안 내려고
정신이 팔려서
말실수, 표정 실수…
거기에 앞서 언급한
외래 특유의
즉흥성, 정신없는
출퇴근 시간까지…
쩌적

음… 제 생각에
쌤은 멘탈이
잘 나가는 것 같아요.

나는 환자에게
해가 되는 약사다

쏴
아 아 아

아앗

무너진 둑,
꺼진 종들

쌤은
멘탈이 잘 나가는 것
같아요.

나도 그런 줄 알았는데

그때,
내가 ADHD인 걸
알았으면 좋았을 것을.

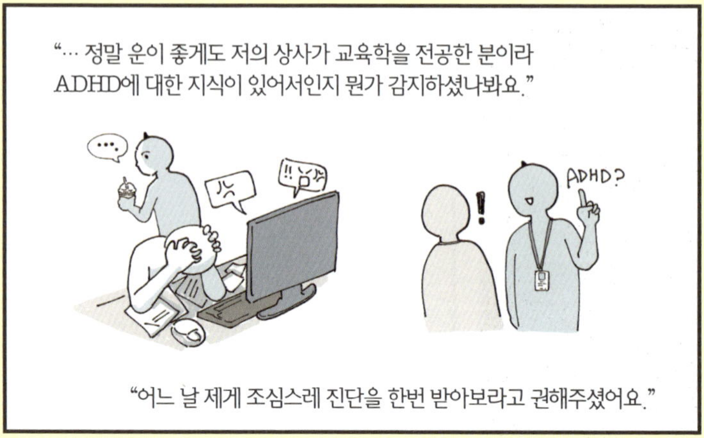

"… 정말 운이 좋게도 저의 상사가 교육학을 전공한 분이라
ADHD에 대한 지식이 있어서인지 뭔가 감지하셨나봐요."
ADHD?
"어느 날 제게 조심스레 진단을 한번 받아보라고 권해주셨어요."

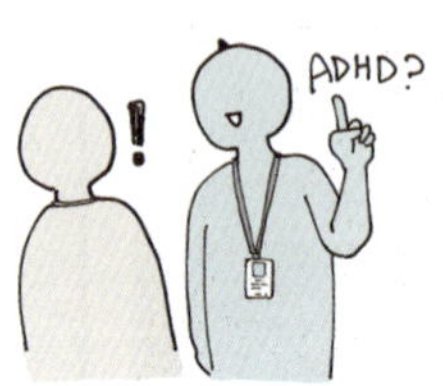
"제가 사람들과 잘 못 어울리고 일상적인 스몰토크가 안 되니까
어떤 그룹에서는 좀 배제되기도 하고,
아차…!
콩!!
삑————
어떤 업무는 엉망이지만
어떤 업무는 경험이 없어도 너무 잘 해내니까
시기와 질투의 대상이 되기도 했어요."

* 안주연 『어쩌면 ADHD 때문일지도 몰라』 p.93~94

입원약국에서도 발봉에게 위기는 있었다.
흔히 하는 실수들을 피해가거나
어떤 업무는 한번에 잘하다가도
챙글챙글챙글챙글챙글
또 나 ㅅㄲ냐
손을 잘라버려··· 아니다
대가리를 잘라야 하나?
아무도 안 하는 실수(ADHD 특)를 랜덤하게 터트릴 때

그럴 때마다 발봉은 의심의 눈초리를 받았다.
재 일부러 저러는 거 아냐?

하지만
발봉이는
아―무 문제
없어요!
버섯송이 쌤
(가명,
이하 '송이 쌤')
쾅

발봉아
네?
당시 부서
UM(Unit Manager)님

니 송이한테
맛난 거 줬나?
송이 쌤
와 그리 니를
좋아하노?
ㅋㅋㅋㅋㅋ
놀림 200%
ㅋㅋㅋㅋㅋㅋ
ㅋㅋㅋㅋㅋ

회의하다가
니 얘기가 나왔는데
송이가~
…?
역시
발봉 쌤 하면
'오류'랄까…
아~니!
발봉이는 아~무
문제 없어요!
평소 블레임(blame) 문화의 문제를 자주
언급하신 분이라 개인 탓보다 시스템의 변화에
중점을 두자는 취지의 얘기였을 듯요.
그카대!
니 송이 쌤한테
잘하래이~
ㅋㅋㅋㅋ
ㅋㅋㅋ

허…
어머…
워낙 까칠하기로
유명했던 과장님이라
의외였다.

유발봉에게서 뭘 본 것인지는
모르겠지만
당직 파우더 조제
시스템 교육
그 이후로도 송이 쌤은
발봉을 믿고 이것저것 맡기셨고
입원약국 로봇 도입 관련
도면 그리기
가능?
넵!
신기하게도
다 잘 맞았다.
재밌다…!

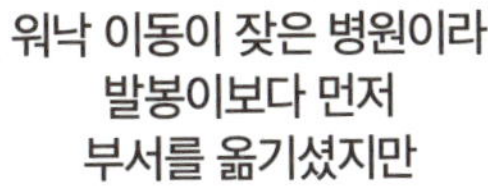

워낙 이동이 잦은 병원이라
발봉이보다 먼저
부서를 옮기셨지만

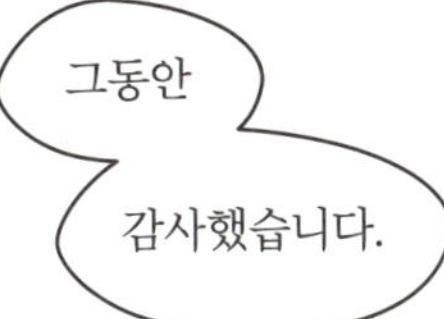

그동안
감사했습니다.

"난 생각보다
괜찮은 놈이야"
나무
쪼오옥~
발봉이는
문제
없었어
송이 선생님의 그 말 한마디는
이후 직장생활을 하면서
자신감이 떨어질 때마다
부적같이 작용했다.

계속 그랬으면 좋았을 것이다.

항암조제실
인사팀 공식
약제팀 내
퇴사율 압도적 1위
그러나 암병원의 재앙은 모두에게 공평했다.

부적이 버틸 수 있었던 건 거기까지였나 보다.

그 이후는 전편에 나왔던 대로다.

코아앙
사실 ADHD와 상관없이
저 퇴사하기 전에도 거의 매달 한 명씩 그만두는 부서이긴 했어요.
허허
조직의 허리가 제대로 끊겨서 4년 차가 책임약사 바로 아래였던···

퇴사하는 마지막 날에도
전 근무부서들이 있는 건물로
인사하러 건너갈 짬도 없이

단 1분도 빠져나올 수 없어~★

마지막까지 정신없이 일하다가
쫓기듯 가운을 반납하며
병원생활을 정리해야 했고,

퇴사한 지 몇 년이 지난 지금까지
암병원에서 다시 일하는 악몽을 꿀 정도로

함께해서 더러웠고
다신 만나지 말자

최악의 이별이었지만

그럼에도 불구하고

끝까지 내 안부를 물어봐준 퇴사한 동기,
타 부서 선생님들,

미워할 대상을 잃은 나의 마음은 길을 잃었다.

SNS에 연재하던 병원약사 툰을 마지막으로
약사 얘기를 몇 년간 그리지 못했던 이유다.

그러다가 오랜만에
버섯송이 선생님이
생각났다.

발봉이는
아~무 문제
없어요!

"전두엽에 각성 문제가 있다는 사실은
그로 인해 반드시 남에게
피해를 준다는 뜻이기도 하다.
…수많은 사람들이 나의 부족한 행동에 대고
'너 일부러 그러냐?'라고 물어 댔고,
대답을 하기도 전에 이미 화가 나 있었다."
다시 만화를 그리자.
"그 질문을 들으면 머리 뚜껑을 열고
속을 보여 줘서라도
결백을 증명하고 싶은 기분이 들었다."

"그래서 타인은 지옥이고 내가 선의의 피해자였냐고 묻는다면
당연히 아니다. 피해자는 역시 내 지인들이었다고 생각한다."

"떠나간 사람들, 내가 떠나보낸 사람들은
나를 어떻게 기억하고 있을까?
…도망치다 보니 결국 제자리임을 깨닫고,
잊었던 과거를 끄집어내 재정렬 중이다."*

* 정지음 『젊은 ADHD의 슬픔』(민음사 2021) p.205~p.210

ADHD인의 우정

ADHD인들끼리 끌어당기는 현상이 있다는 말, 들어본 적 있는가? 실제로 나와 친한 지인들 중 두 명은 각각 20대와 30대에 ADHD진단을 받았고, 진단을 받지 않았더라도 아주 강하게 ADHD가 의심되는 친구들이 몇 있다. ADHD인들이 ADHD를 알아보고 끌리는 경향이 있다는 연구 결과가 존재하는 건 아니다. 다만 건너 듣거나 온라인 속 ADHD 당사자들의 경험담으로 알게 된다. 친구 중에 다수가 ADHD이고, 사귀거나 결혼한 파트너나 파트너의 친구들까지 ADHD인 걸 나중에 알게 되었다는 놀라운 얘기도 들은 적 있다.

왜 이런 현상이 일어날까? 나와 친구들의 관계를 대입하여 아주 개인적으로 해석해봤다. ADHD인들은 특이하게도 아주 예민하고 아주 무딘 면을 동시에 갖고 있다. 일반적으로는 산만하면서도 자극에 예민해서 변화를 빨리 눈치챈다. 동시에 여럿이 모이는 자리에선 집중해야 할 타이밍 혹은 집중해야 할 대상과 집중하지 않아도 되는 것을 구별하는 능력이 현저히 떨어진다. 중요한 상황에 대한 기억력이나 잊으면 안 될 말 등은 패스해버리고 별로 중요하지 않은 것들(딴짓하고 있던 다른 친구의 옷, 카페 카운터에서 일어나는 일, 저기 멀리 화분에 어떤 꽃이 피어 있는지 등)만 기억하는 특이한 모습을 보인다. 적어도 나는 그렇다.

기억력이 좀 좋은 편이라 아무도 모르고 있던 상황에 대해서는 보고서를 보고 읽듯이 줄줄 외면서도 정작 친구가 나에게 여러 번 얘기했던 중요한 정보(예를 들면 알레르기가 있다, 어떤 음식은 절대 안 먹는다 등)는 기억을 못 해서 사이가 멀어졌던 경우도 많다. 아예 기억력이 안 좋은 친구라면 이해할 여지가 있을 텐데, 행태(?)를 지켜보면 유독 자신에 관한 것만 기억을 못 하니 서운하게 생각할 수밖에. 유당불내증이라 항상 두유라떼만 먹는데도 내가 만날 때마다 "너 두유 좋아하는구나? 그거 맛있어?"라고 물어봐서 결국 화를 내고 말았던 친구에게, 이 자리를 빌려 사죄의 말을 전한다.

ADHD라는 건 '친구를 사귀고 그 관계를 지속하기'만 하더라도 아주 험난한 미션에 더해 넘어서기 어려운 고지들이 가득하지만, 그나마 ADHD인의 모습에 너그러울 수 있는 사람이 있다면 바로 같은 어려움을 겪는 ADHD인들이지 않을까. 서로 예민한 면과 무딘 면의 균형이 잘 맞는 사이. 너도 어처구니없는 실수를 하고 나도 저런 실수를 하니 서로 '나나너참너(나도 나지만 너도 참 너다)'를 할 수 있는 것 아닐까. 더불어 ADHD인들은 친구의 실수에 상처를 크게 안 받는다는 것도 관계 유지에 한몫한다. 상처 위에 오래 눌러앉지 않는(못 하는) 것 역시

ADHD의 산만함이 준 축복이니까. 다만 내가 타인의 실수에 무뎌도 세상 사람들이 내 실수에 한없이 너그러워지길 바라는 것은 좀 곤란하고. 따라서 ADHD인들은 죽을 때까지 뇌에 힘주고 두 번, 세 번 생각하고 행동하고 말하되, 와중에 뇌에 힘을 조금이나마 풀 수 있게 해주는 친구들을 더욱 소중히 여겨야 한다.

그런 의미에서 ADHD인이든 아니든 지금까지 나를 견뎌주고 앞으로 백살까지 놀아주겠다고 약속한 나의 친구들에게, 전하고 싶다.
사랑한다 친구들!

8화

어린이 발봉이

성인ADHD의 시작

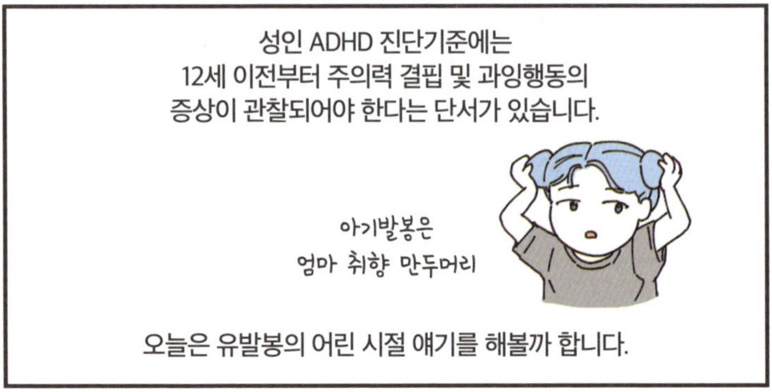

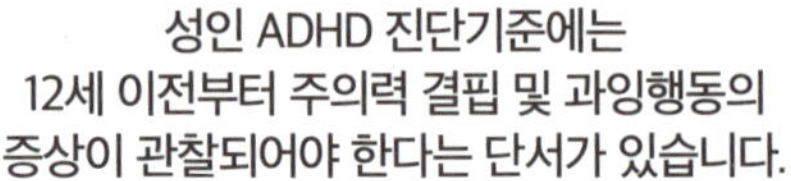

성인 ADHD 진단기준에는
12세 이전부터 주의력 결핍 및 과잉행동의
증상이 관찰되어야 한다는 단서가 있습니다.

아기발봉은
엄마 취향 만두머리

오늘은 유발봉의 어린 시절 얘기를 해볼까 합니다.

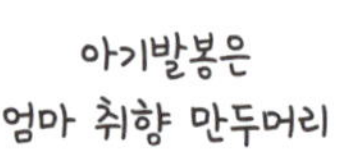

참고로 이때 발봉이는
엄마가 부르는 걸
못 들은 게 아닙니다.

그냥
잡생각이 많았을
뿐이었죠.

왜 부르지?

지금 바로
돌아봐야 하는
상황인가?

이 장면만
보고 대답할까?

이런 생각들을
하고 있다는 걸
말해야 하나?

발봉의 머릿속

돌아보지 말고
대답만 할까?

초등학교 1학년 운동회 때도…
땅!!
와아아아~~~
느릿느릿..
파바바박
발봉이는
달리기 할 때도
준비~ 땅! 하면
"어? 다… 출발했네…?"
하고 출발한다?
ㅋㅋㅋㅋ
엄마몬
산만함은 행동이
느린 것으로 오해받았고

때문에
집에서 발봉이는 항상 느림보로 통했습니다.

이 느림보를 아무도 '정신없고 가만있지 못하는 아이'
즉 ADHD라고는 생각도 못했죠.

유치원 비디오에 찍힌 발봉이는
유달리 혼자서만 꼼지락대고, 가만있지 못했습니다.

참고로 이 아이는 커서
성질 급한 걸로 만날 욕먹는 어른으로 자랍니다.

어릴 적으로 다시 돌아가보자면

손에 벌레가
기어다니는 것 같아…

장갑 싫어 어린이

옷 조이는 것
못 참음

너 왜 자꾸
그렇게 입어!

손목 조이는 게 싫어서
손을 소매 안에 집어넣고 다님

공기 답답한 거
못 참음

좁아~~
좁~~아~~!!

우리 집에서 제일
쪼그만 게 뭐가 좁대!!

어휘력이 아직 달림

답답한 거 못 참는 네 살

종이접기와 가위질을 유난히 못 하는 유치원생.

종이학
만들기
4.
5.
소근육 운동능력
떨어짐
+ 왼손잡이 이슈
??
삐뚤빼뚤
반ー듯!
??
글을 차근차근 읽기 힘들어하는
ADHD의 증상. 산만함.

유달리 글씨 따라쓰기를 못하는 초딩 1학년.
다들 되게
빨리 잘하네…
요거
기억나시나영
가 가 가 가 가 가 가
각 각 각 각 각 각 각

유난히 정리정돈을 못하는 초딩 2학년.
조직화를 어려워하는
ADHD의 흔한 증상입니다.
7. 가 정 통 신
학 기
학 교 에 서
1 학 기
공책 정리 하는 것은 좀 싫어
하는 편이나 학습면도 생활면
도 모범적으로 잘 하고 있습니
다.

그리고 어딜 가나 친구들과
자꾸 싸우는 아이…였던 것 같네요.

ADHD 아동들은 규칙을 지키는 걸 힘들어하며
친구 관계에서도 갈등이 생기는 경우가 잦다.

……

이쯤 되면 학교에서
ADHD 검사 한번 받아보라고
할 법하지 않았나

…싶지만!

아마 그땐
선생님들도 ADHD에 대한
지식이 거의 없었을 거예요.

비교적 젊은 질병이라…

엄마님 성격상 이런 피드백이 있었어도
무시했을 것 같기도 하고요.

*「ADHD '골든타임'이 있습니다! 조기 발견이 정말 중요한 이유 | 정신과 의사 조성우」, 유튜브 「쿠크닥스」

얼마 전 어느 의사 선생님이 ADHD 아동 치료에 대해서

제가 ADHD 검사를
꼭 받아보라고 하는 경우가
딱 하나 있는데요,

바로 학교 선생님께서
권유했을 때입니다.*

라고 말씀하시는 걸 봤는데요.

저 역시 주변 어른들의 이른 개입이 있었으면
어땠을까 종종 생각합니다.

히융

30대에
ADHD 진단받은 사람

어서와~
산경 정신의학과
엥 저여?
아이가
ADHD 진단을 받는 것이
두려울 수도 있지만

ADHD 치료는
늦지 않게 시작하는 게
여러모로 좋거든요!
마지막에
본업 모먼트?
아무래도
내가 주인공이니까
전문가의 도움을 받는 걸
두려워하지 마시길!

그분은 일단
말이 빨랐다.

그리고
반응이 빨랐다.
성함이
권여우ㄴ…
네네,
맞아요.

보통 말을 자주 끊는 환자들에게선
상대방의 말이나 행동을
인지하지 못하면서 특유의
허둥대는 느낌이 있는데
오늘
임플란트 하
셨즈…
네네.
아
비보험이죠?
오늘
약제비가…
이거랑 이거랑 같이
아침점심저녁이요?
식후요?
약은
항생제랑 같이
요거 하루 3번…
이분은 그냥 질문 자체를
끝까지 듣기 힘들어하는 것 같았고
정작 복약 설명에 대한
이해도는 높았다.

아익쿠
아 미안해요.
덜컹

아이고 이 기계 카드가 잘 안 빠지네~
앗, 맞아요!
허허허
이런 얘기 굳이 하는 사람 없죠?
와이프가 항상 난 쓸데없는 말이 너무 많대~

삐용삐용
…!

말을 윽박지르듯
급하게 하지만
악의가 없는
이 느낌…

가까운
가족으로부터
지속적으로 들어온
'TMI' 피드백.

결정적으로…

눈에 띄는 산만함!!

보통 복약지도 받는 중엔
누가 들어와도 인지하지 못하거나
인지해도 티를 안 냄

휙

위이잉

이렇게까지
휙 돌아본다고?!

너무나…
ADHD인데?

하지만 연세가
좀 있으신데…
권 여우
551122-10000

70세?!
수고하세요.
…네!!
안녕히 가세요!

노인들도
ADHD가 있나?
아니
ADHD가 신경발달장애니까…
당연한 건가?
근데
노인 ADHD란 개념이
왜 이렇게 생소하지?
퇴근길에 이런저런 생각에 빠진 유발봉.

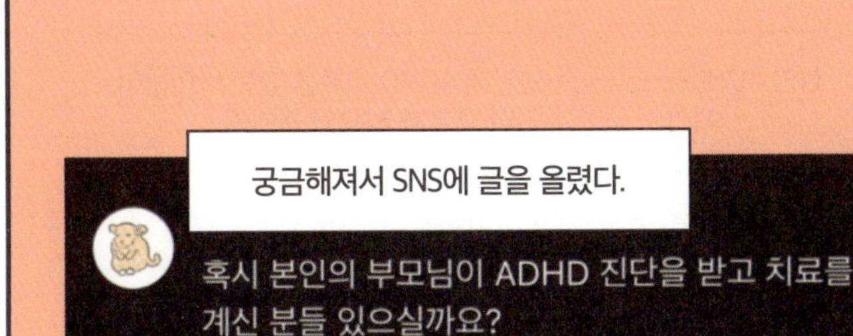

＊ 정신질환 진단 및 통계 매뉴얼

성인 ADHD도 소아청소년기에 ADHD 치료를 받던 아이들이 자라서 성인이 되며 연구가 시작된 것인데
아니, 소아 질환이라며?
성인돼서도 계속되잖아?
니네 환자도 그래?
증상의 양상은 좀 변했어.
과잉행동 ↓
주의력 문제 ↑
사는 게 더 복잡함,
자존감 문제로 인한
동반 질환들 등
소아청소년
진화!
성체
진화!
노년기?
?
노년기에 접어든 성인 ADHD 인구는 아직 적기 때문에 노인 ADHD에 대한 연구는 많지 않은 상황이다.

* 반건호 『나는 왜 집중하지 못하는가』(라이프앤페이지 2022)

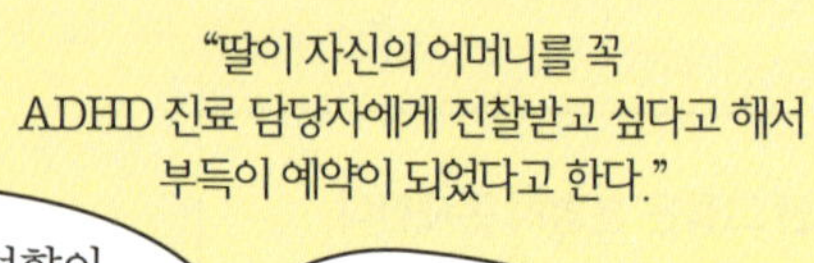

"딸이 자신의 어머니를 꼭
ADHD 진료 담당자에게 진찰받고 싶다고 해서
부득이 예약이 되었다고 한다."
유전 성향이
있다고 하던데
저희 오빠도 엄마랑
비슷하고요,
나이 먹어서
저절로 좋아지지
않는 거라고 해서…
내가 평생 살다 살다
정신과는 처음이야!

사실 엄마는
제가 어릴 적부터 본 모습이랑
지금이랑 똑같거든요.
소소한 물건 사들이기
가족들과 불화
문화센터에 어머님 좀
안 나오게 해주세요.
죄송합니다…
자기 주장이 강하고 규칙을 마음대로
어겨서 주변 사람들과 자주 싸움

"평가 결과상 전형적인
ADHD 진단에 부합하였다."
뭐…
집 정리를 하려고 했는데
잘 안 될 때가 있죠!
근데
다들 그런 거
아닌가?

"어머니는 마지못해 진단과 치료에 동의했다."

아파트
엘리베이터에서
이제 다른 사람들이
하는 얘기가
들리더라구요…?
너무
놀라웠어요.

사람 머릿속이 이렇게
깔끔할 수 있다는 걸

* 박건호 『나는 왜 집중하지 못하는가』 p.125~p.129

"머릿속 생각들이
탁구공 왔다갔다 하듯이
튀어서 엘리베이터를 타도
다른 사람들이
뭐라고 하는지 몰랐거든요."

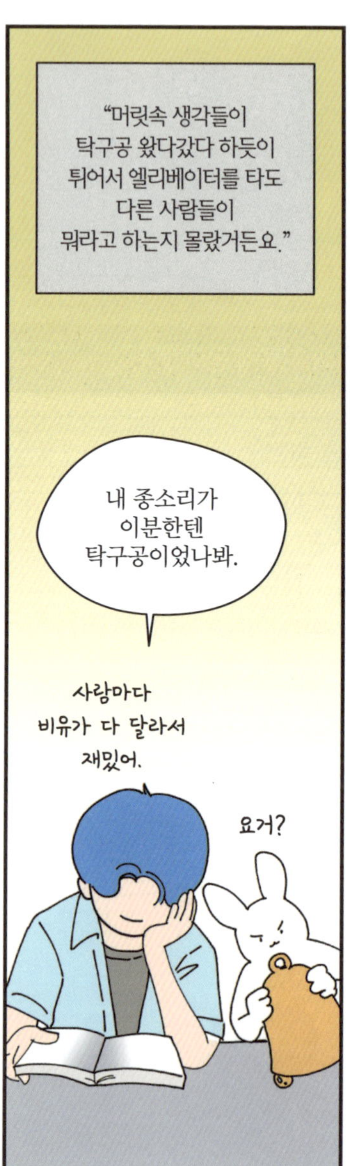
내 종소리가
이분한텐
탁구공이었나봐.

사람마다
비유가 다 달라서
재밌어.

요거?

평생
처음 알았네요.*

발봉이는
본인의 ADHD가

모계(母系) 쪽 유전이라고
짐작하고 있다.

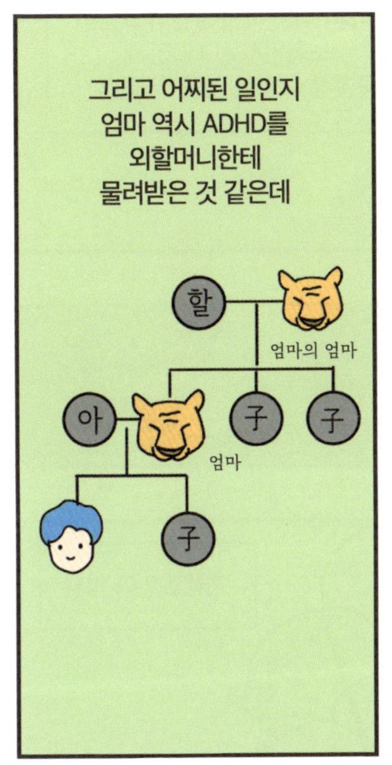

그리고 어찌된 일인지
엄마 역시 ADHD를
외할머니한테
물려받은 것 같은데
할
엄마의 엄마
아
子
子
엄마
子

성인 ADHD의 진단기준은
2000년대에 들어와서야
생겼으므로
그들이 성인이 되고도
한참 후의 일이다.

다 이래 사는 게
아니었다꼬?
때문에 나의 엄마와, 엄마의 엄마는
노년이 될 때까지 본인이 ADHD인지
의심해볼 기회조차 없었다.

ADHD의 짐덩이들이 어릴 적부터 늘 당신을 짓눌렀을 테지만

덜컹덜컹

덜컹덜컹
덜컹덜컹
엄마는 그것들을
60년이 넘는 세월 동안

영문도 모른 채
이고 지고 살아왔다.

덜컹덜컹···

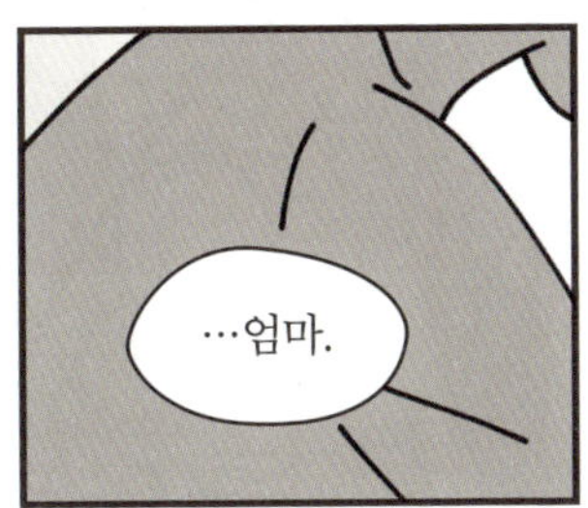

···엄마.

…엄마!
엄마!!
엄마도
환자들 보니까!!
근데 나도!
남 말할 처지 못 돼!
노인 환자들 다
정신과 싫어해서
내과 가서 약 타먹는 거…
알지!!
덜컹 덜컹
나도 언젠가는
이 만화를 엄마한테
보여줄 수 있을까?!

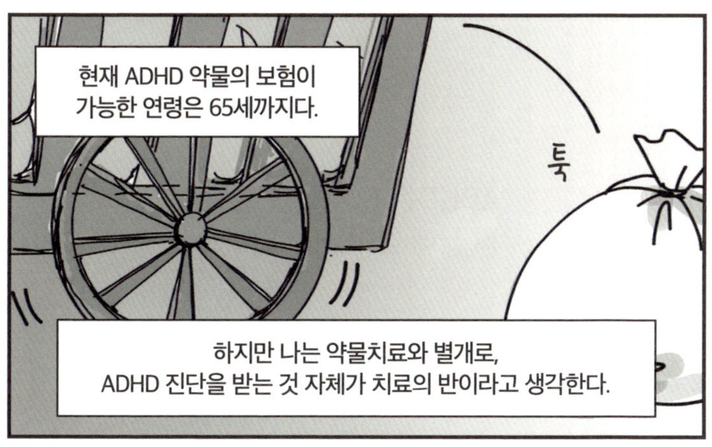

내가 살면서 겪은 어려움이 무엇 때문인지
또렷이 살펴보는 과정 자체가 그 어떤 치료보다 값졌다.

"ADHD는 전 생애를 통해
우리 삶에 찾아올 수 있다."*

그분들에게 용기가,
그리고 그분들 곁에
용기를 내줄 수 있는 누군가가 함께하기를.

10화
P가 될 수 없어 체크리스트

요즘엔 테토남, 에겐녀 뭐 이런 게 유행인 듯합니다만
전 별로 트렌디한 사람이 아니라 MBTI 얘기를 좀 해보겠습니다.
여기요!
너무 우러서 국물이 맹맹해요!!
MBTI
어쩔 수 없습니다.

유발봉은 확신의 인티제인데요.
INTJ가 나왔네
바뀌었나?
…인정
아니네
결과:INTJ
결과:INTJ
결과:INTJ
처음 검사했을 때
3년 후
그로부터 2년 후

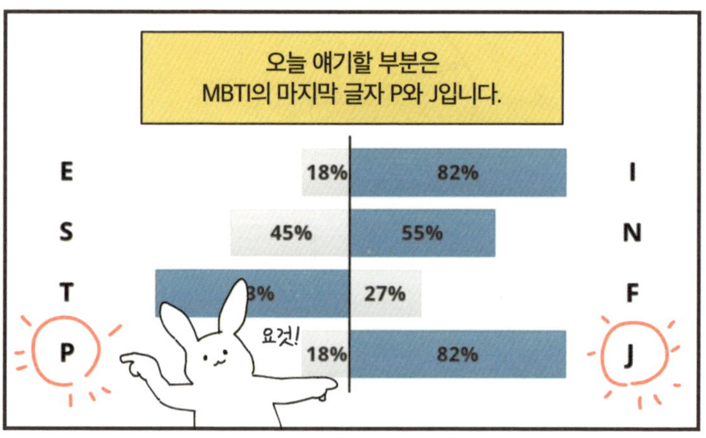

오늘 얘기할 부분은
MBTI의 마지막 글자 P와 J입니다.
E
18%
82%
I
S
45%
55%
N
T
27%
F
요것!
18%
82%
P
J

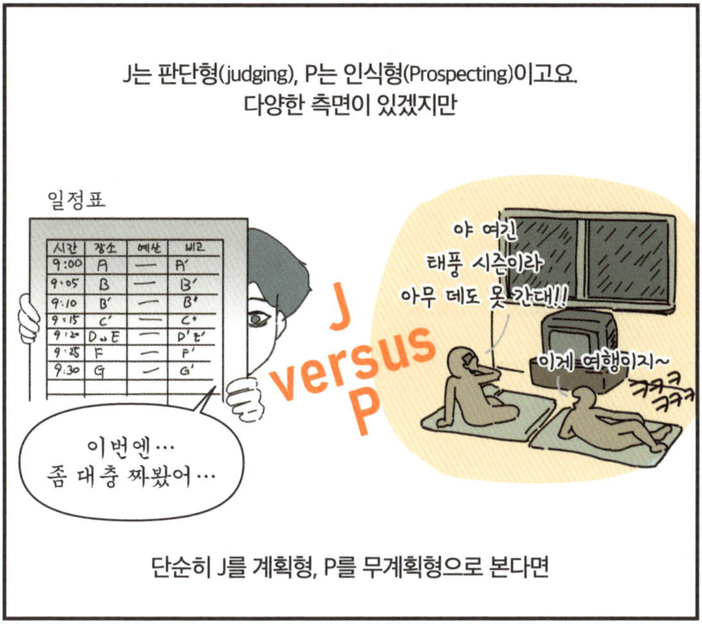

J는 판단형(judging), P는 인식형(Prospecting)이고요.
다양한 측면이 있겠지만

단순히 J를 계획형, P를 무계획형으로 본다면

ADHD라면 P여야 할 것 같은 발봉이가 J인 게 의외랄까요.

J>P
적어도 '성인' ADHD인들은
J가 더 많을 거라고 예상합니다!

왜냐면~
ADHD인은 J로 살지 않으면 개큰일이 나기 때문이다.

개...
개 큰 일.

가만 보자
그런 일상적인 거 말고 진짜 개큰일!!
크아앙
길 잘못 봐서 지각, 시험범위 착각하기, 결혼식 시간 잘못 알기… 또…

출국 전날 기차 타고 서울 올라왔는데 집에 여권 놓고 오기!
잠깐… 잠깐… 실화야? 아니지? 아니지??
집 가는 막차 버스인데 방향 반대로 타기! (두 번)
…!
…! …!!
대학원서 지원 기간 놓치기!
등등…
한강 이쁘다~
…잠깐 한강을 왜 건너지?
…같은 일들이 벌어진다고!
하지만 실화죠?
대학원서는 니 얘기 아니잖아.

P도 큰 망함을 몇 번 겪으면 J로 다시 태어난다는 말이 있습니다.

즉, 시간관리 및 조직화 능력이 떨어지는 ADHD 특성을 갖고
사회생활을 하려면
J가 될 수밖에 없었을 거라는 게 제 생각입니다.

참고로 ADHD의 이런 증상들을 보완하는 방법을
알려주는 영상을 본 적이 있는데

ADHD인들은
기억의 화이트보드가
작은 거예요

일단 할 일들을
다 적으세요

눈으로 볼 수 있게
하는 게 중요합낭다

To do list

알람을 활용하는 것도
좋은 방법이고요~ 또···

이미 제가 다 하고 있던 것들이었다는 웃픈 이야기.

···?

학생 때부터 플래너에 일정과 할 일들을 쓰지 않고는
아무것도 시작하지 못했고요.
플래너에서 누락
= 기억에서 누락
시험기간 때
계획을 안 쓰고 공부를
할 수 있어??
…? 응.
학생시절
남집사

항상 모든 일정에 이중,
중요한 건 삼중, 사중으로 알림을 설정해놓습니다.
플래너 첵!
탁상달력 첵!
2주 전
미리알림 첵!
미리
알림
당일 알람 첵!
폰 캘린더 첵!

그래서인지 ADHD의 가장 큰 특징인 '지각'과 '물건 잃어버리기'
둘 다 두드러지지 않아서
오히려 진단이 늦어진 케이스랄까요.
한 걸음 뒤엔~ ♬
항상~ 내가
있었는데~ ♬
철컥철컥철컥
A plan
B plan
C plan
D plan
E plan
F plan
G plan
HIJKLMNOP
ADHD
휘이
휘이
근데 이런
강박적 행동과 불안으로
증상을 보상하는 건 뇌신경계를
혹사하는 방법이라고
하더라고요.
ADHD 약물치료나
인지행동치료를 통해
뇌의 과부하를 줄이는 것이
좋습니다!
치료를
꼭
받아야 하는
이유!

그러다가 ADHD인 걸 알고 나니 새삼 깊은 생각에 잠기는 요즈음…
혹시… 내가 학생 때 항상 기운이 없던 게…
실수 안 하려고 계속 긴장해서였나?
….!
혹시 ADHD가 없는 사람들은…
이렇게 이중 삼중으로 안전망을 안 해놔도 X되지 않는 건가!?
깨달음

조금 억울하긴 하지만 그래도 요즘엔
뇌를 외부장비와 나눠 쓸 수 있어서 정말 다행이에요.

스마트폰이랑 워치 없을 때
대체 어떻게 살았나 싶어요.

하하하하

폰 위치 추적

내 손 안의
타이머

지도 어플

버스 도착 알림

어떻게 살긴
힘들게 살았지

정답!
'힘들게'

오늘도 J일 수밖에 없는 모든 ADHD 학생, 직장인 여러분 화이팅!!

스마트폰 없이
대학교 다녔잖아

쉿!

힘들게

약대 다닐 땐
있었다고.

왜 그림 전공을 안 하고
약사가 되었냐고요?
집에서 최대한 빨리
독립을 해야 했거든요!
경제력만이
살길!
지금 그림이
중요한 게 아니다
고딩 발봉

완전한 탈출을 위해
십 몇 년 딴 길로 샜다가
드디어 독립 성공~ 하고
다시 그림을 그린 거죠!
근데 하필 또
약대가 중간에
사라져가지고~
주절주절주절
발봉, 정신과 진료 중

그런
얘기하면서
웃지 마…
…

발봉 씨, 그거 아세요?
본인이 ADHD인 줄 몰랐던
여성들이 아이를
키우는 과정에서
아이에게
폭력성을 보여
배우자가 정신과에
데리고 왔다가
ADHD 진단을
받는 경우가
꽤 많아요.

아…
그 손가락 말고, 아니, 아니!!
이거! 이 손가락!
이 손가락으로 치라고!
아아악!
이걸 왜 이해를 못 해? 바보야??
넌 뭘 잘했다고 누워 있어?
야… 너… 머리카락 엄청 묻었어…
여기랑, 여기랑, 여기도…
어… 여기도…
아~ 머리 뜯겼어 ㅋㅋ
뭐라고??
툭
다른 집들은 안 이런가?

아마 발봉 씨
어머님도 높은 확률로…
유전률
50퍼센트라…
엄마에게.
엄마는 모자람이 없는 자신의 정원을 가졌고
나를 때려야 하는 복잡한 서사 같은 건 없었어.
그래서 난 여느 딸들과 달리 운 좋게도
더 이상 엄마를 궁금해하지 않아도 되었어.

다만 ADHD에 대해 알수록 구술 꿰듯 모든 기억들이 이어졌어.

엄마는 모의고사 이름을 안 써서 0점 처리된 적 있대.

산만해서 였구나.

엄마는 제사 준비할 때 아무리 말 걸어도 전혀 듣지 못해

과집중 증상..

엄마는..

엄마는

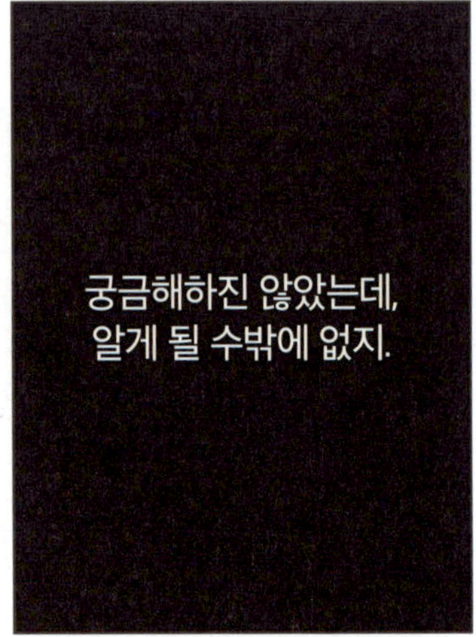

궁금해하진 않았는데, 알게 될 수밖에 없지.

엄마도 나처럼 쩔렁거리는 수많은 종들 아래서

흔들리는 바닥을 걷고 있었구나.

186

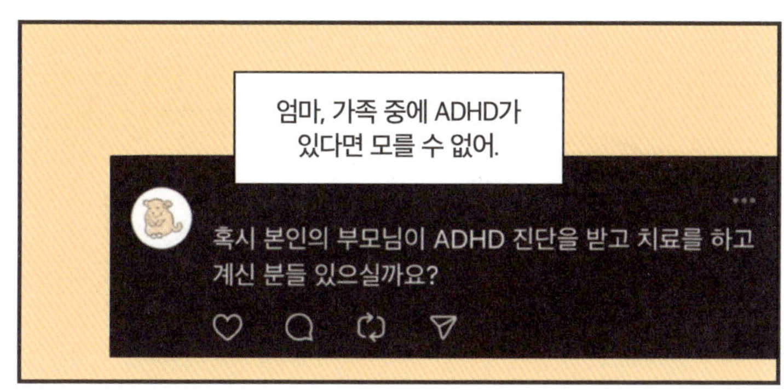

엄마, 가족 중에 ADHD가
있다면 모를 수 없어.
혹시 본인의 부모님이 ADHD 진단을 받고 치료를 하고
계신 분들 있으실까요?

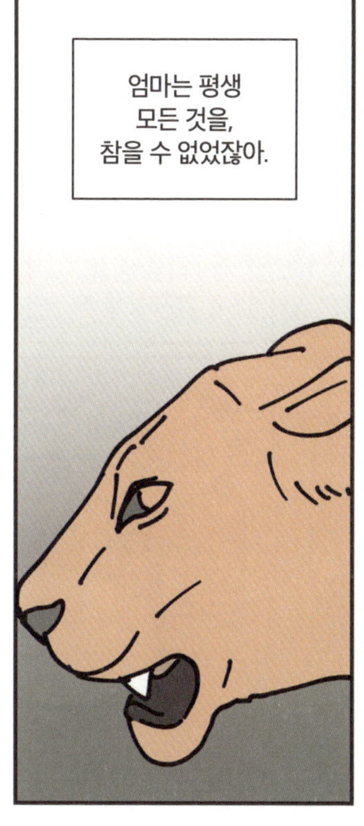

엄마는 평생
모든 것을,
참을 수 없었잖아.

급하게 써야 하는 펜에
잉크가 닳은 걸 참을 수 없어서
네~ 그렇구나~
아~ 네네.
뻑뻑
벅벅 긋다가 던져버리고
확!

유턴을 할 때면 차례를 기다리는 걸 참을 수 없었고
뭐해? 내려!
내리기 너무 창피해…
빵빵빵~
빵—

여보~ 그냥 직원 불러서 해달라고 해.
선풍기 장인
식당 선풍기 바람이 너무 센 걸 참지 못했고

엄마가 이렇게 다칠 때까지 왜 안 와!
가구 또 혼자 옮기셨구나…
죄송해요…
뭐야
뭐야?
후다닥
몰랐어요…
아빠 올 때까지 기다리시지…
엉엉엉엉
엉엉엉엉엉엉!!
혼자 할 수 없는 일이어도 사람을 기다리느라 일이 늦어지는 걸 참을 수 없었잖아.

재작년에, 엄마가 우리 집에
김치 보냈던 거 기억나?
oh
no
분명히
너무 많이 보낼 것 같아서
내가 가지러 가겠다고 했지만
엄만 말없이 택배로 보냈지.

엄마한테 말하진 않았지만,
엄마 성격에
분명 하나는
샜을 텐데…
앗
역시…
그때 김치통 하나가 뚜껑이 깨져서
국물이 다 샌 채로 도착했어.

와… 진짜
이거 ADHD 사례집에
올려도 됨.
애초에
뚜껑이 안 맞는 걸
끼워놨네

왜 맨날…
받는 쪽 주는 쪽 둘 다
힘들어지는 일을?
부탁도 안 했는데
벌여서…?
고맙다고 안 하면
나만 나쁜 사람
되고…!
…

마치 모터가 달린 것처럼 과도하게 혹은
멈출 수 없이 활동하는 경우가 있다.

* 프롤로그 「성인 ADHD 자가진단표」 중에서

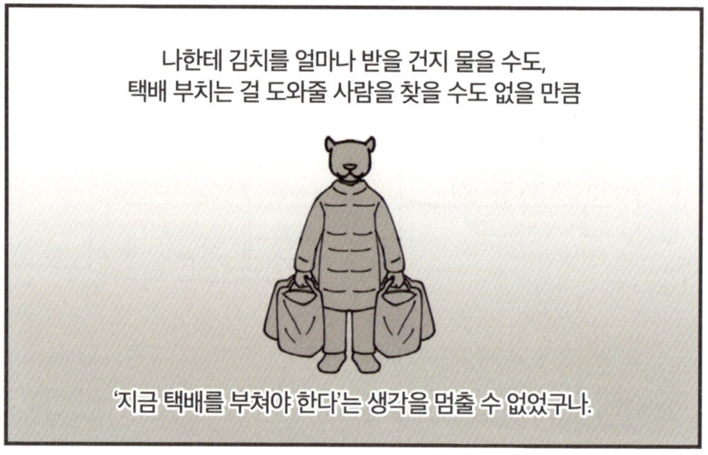

나한테 김치를 얼마나 받을 건지 물을 수도,
택배 부치는 걸 도와줄 사람을 찾을 수도 없을 만큼

'지금 택배를 부쳐야 한다'는 생각을 멈출 수 없었구나.

주변 아무것도 못 듣고 못 본 채로 달려가다가 지쳐버려

되게
무겁네~~

??

아이 ×
호호~~

이렇게 큰 건
저기 아래
저울에 올려놓···으···

콩

무서워···!

우체국 직원 분에게 또 그 화내는 얼굴로 웃었으려나.

예전에 나 고시원에서
짐 빼는 거 도와주러 온 그때도…

밥 안 먹었지?
얼른 이거 먹어.

엥 밥?
부엌에 가서
먹어!

공용부엌
있는데

허둥
지둥

아 빨리!
일단 좀 먹어!

으악!

와장창

국통 뚜껑이
안 닫혀
있었잖아!

미역국이 너무 많아서
통 뚜껑이 안 닫히는 걸 알면서도

무시하고 가져와야 했던 것처럼

엄만 늘 넘어질 듯
아슬아슬하게 살아왔구나.

그게 다
ADHD였구나.

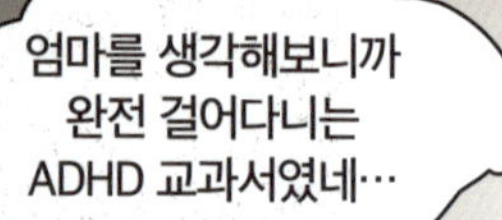

엄마를 생각해보니까
완전 걸어다니는
ADHD 교과서였네…

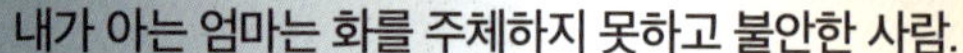

내가 아는 엄마는 화를 주체하지 못하고 불안한 사람.
사람들이 보는 당신은 늘 자신감 넘치고 웃고 있는 사람.

엄마, ADHD 인간들은 이렇게 참 모순적이야.
똑똑한 바보에다가 불행하면서 낙천적이야.
누군가 말했듯, 어쩌면 우리는
'불행을 오래 기억할 정도의 집중력조차 없'는 걸까?

토도도독

탁

잘먹을게요!! 이거 우체국에서 보내느라
엄마 넘 고생많았겠다ㅜㅜ
오후 4:43
메시지 입력
#

오후 2:09
엄마
하하하
엄마,
까똑

ADHD 증상을 보이는 아이들에 대해
선생님들이 조심히 검사를 권해봐도
전문가의 도움을
받아보시는 게…
우리 아이가
정신병자라는
거예요?
보호자들이 심한 거부감을 보이는 경우가 많대.

난 거기에 정신과에 대한 장벽 말고
다른 이야기도 숨겨져 있지 않을까 해.
…

'얘가 이상한 거면, 그럼 나는?'

'우리 가족 다 이런데?'라는 마음.
다 이렇게 사는 줄 알았는데,
이상하다니.
다 이래 사는게
아니었다고?
뭔가 잘못 안 거라고
덮어버리고 싶지 않을까?

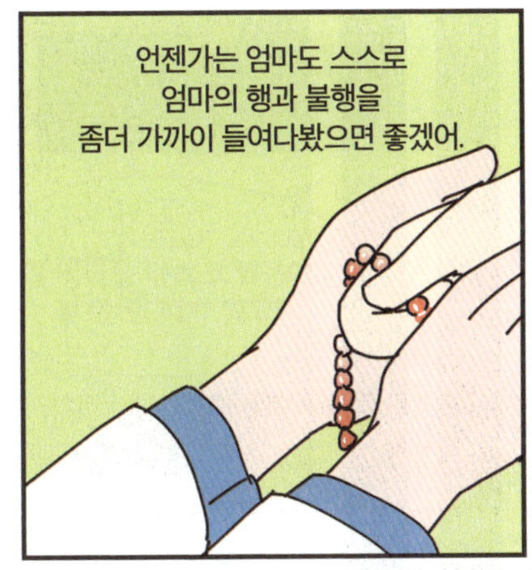

언젠가는 엄마도 스스로
엄마의 행과 불행을
좀더 가까이 들여다봤으면 좋겠어.

덮어놓고 모든 것에
감사한다는
그 말 좀 그만하고.

하지만 엄마에게 이런 얘기들을 해도
엄만 나보고 '금방 나을 수 있을 거야'라는 말 따위나 하겠지.

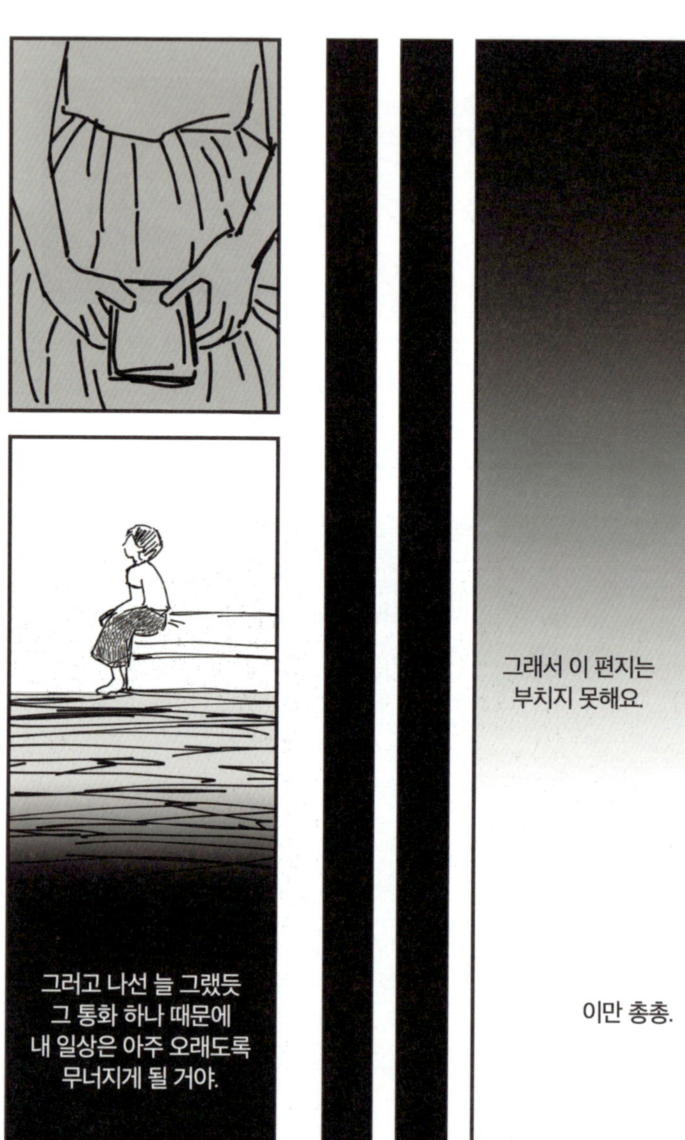
그래서 이 편지는
부치지 못해요.

이만 총총.

그러고 나선 늘 그랬듯
그 통화 하나 때문에
내 일상은 아주 오래도록
무너지게 될 거야.

사랑이라는 이름으로

우리나라 대부분의 모녀 관계는 참 이상한 것 같다. 엄마는 딸에게 외로움과 지난한 불행을, 딸은 엄마에게 결핍과 동정심과 죄책감을 투사하는 이 모든 엉망진창 난리를 '사랑'이라는 단순한 단어로 지워버리고 있지 않은가. 엄마는 사랑이라는 이름의 폭력을 반복적으로 가하고, 딸 역시 그것을 사랑이라 믿으며 당하며 살아와 어디에도 공허한 마음을 빌 데 없는 것을 안다. 어느 쪽에도 상처를 주지 않고 '그것은 사랑이 아니다'라고 말하는 방법을 알 수 없어 난 오랫동안 침묵했다. 다만 인터넷 세상에선 예외였다.

어느 날 트위터(현X)에 글이 하나 올라왔다. 요약하자면 '나는 파김치를 안 먹는데, 엄마가 엄청나게 큰 김치통에 파김치를 넣어 집으로 보냈다. 미치겠다'라는 내용이었다. 트윗을 본 나는 두 가지 생각이 들었다. 하나는 '엄마가 너를 많이 사랑하셔서 그런 것'이라며 감사를 모르는 딸을 비난하는 말들이 밀려올 것이라는 생각과 또 하나는 그 문제의 김치 이슈를 만화로 그려놓기 잘했다는 생각. 리트윗수에 대한 사심 가득한 목적으로 나의 만화 한 컷을 슬쩍 해당 트윗의 인용 글로 공유했다. 놀랍게도 수천 명의 좋아요와 수백 개의 답글이 돌아왔다.

사람들은 원글에도, 내 인용글에도 찾아와 자신의 고충을 증언했다. 김치통 얘기가 이렇게 많은 공감을 받다니! 김장철마다 아무리 거절해도 엄마가 보내는 감당할 수 없는 김치들로 고통받고 있다는 얘기가 핸드폰 화면에 넘실거렸다. 대부분의 사연은 이렇게 전개된다. 첫 번째, 엄마에게서 김치를 보내겠다는 연락이 온다. 딸은 본인이 김치를 먹지 않거나 처리 불가능하다는 등의 이유로 거절한다. 다음 장면, 며칠 후 엄마가 김치통을 이고 지고 집으로 방문 혹은 택배로 어마어마한 양을 보내온다. 처치 곤란한 김치들을 조금씩 먹으며 인맥이 되는 한 주변에도 나눠보지만 그대로 쌓아두다가 다음 해 같은 일이 반복된다. 냉장고는 버리지 못한 김치들로 터져나간다. 사실 지금 내 얘기이기도 하다.

나의 엄마는 참 이상한 사람이다. ADHD를 공부하기 시작하면서 나는 엄마의 이상함을 일부분 이해할 수 있었다. 정확히 말하자면 김치통을 보낼 때마다 왜 그렇게 항상 깨지거나 뚜껑이 안 맞아 김칫국이 줄줄 새는 박스들이 한두 개씩 있었는지 말이다. 만화에도 간단히 그리긴 했지만 뚜껑을 잘 못 맞추는 건 엄마의 고질병이다. 그건 나도 그렇다. 통에 뚜껑이 맞지 않아 새로 맞는 뚜껑을 찾는 것은 행동에 한 단계 더 추가되는 일인데, ADHD인에게 프로토콜이 있는 행위를 순서대로 한다는 것은 지루하기 짝이 없는 일이다. 결과를 추론하지 않고 행동을 급하게 건너뛰며 내리막길 위에서 바퀴 달린 신발을 신은 듯 미끄러지며 살아왔을 ADHD적인 모습이 너무 생생히 떠올라 이 에피소드를 구상했다.

비슷한 경험이 없는 이들은 이 김치 이야기를 난감하지만 애틋한 해프닝으로 받아들인다. 하지만 이 이야기의 본질은 상대방의 의사를 무시하는 권위적인 관계 설정에 있다. 사랑을 주지만 받을 수 없는 사랑을 준다. 사실 그 사랑의 방향은 상대방이 아니라 자신을 향해 있기 때문이다. 김치, 자신의 고생, 호의 혹은 뭐가 됐든 버려지더라도 중요한 것은 상대방(딸)에게 여전히 내(엄마)가 필요하다는 그 느낌일지도 모른다. 가장 불행한 점은 이런 행동이 양쪽 다 고통받는 행위인데도 '상대에게 호의로 선물을 준다'는 개념의 도덕적 우위가 너무 강해서 상대의 의사 자체를 차단한다는 것이다.

이 모든 건조한 문장들이 이상하게 나를 찌른다. 이 마음 때문에 나는 주변 사람들에게 엄마의 소통 불가능한 물적 공세에 대해 차근차근 설명하지 못한다. 나 역시 엄마와의 관계에 대해서는 깃털 같은 부정적인 반응으로도 깊은 죄책감에 빠지는 흔한 K-딸들 중 하나인 것이다. 가끔 엄마와 의사소통이 가능한 인생을 살아온 사람들의 순수한 대답("그냥 주지 말라고 하면 되잖아?")을 만나면 여전히 마음을 다친다. 당사자와의 진솔한 대면 역시 상상하기 힘들다. 20대 때 무수히 시도했지만 처참하게 튕겨 나온 그곳에 그대로 멈춰 있기 때문이다.

언젠가는 이 만화를 당신께 보여줄 수 있을까? 내 일상의 근간을 흔들지 않으며 당신과 대화할 수 있을까?

우리 발봉이가 ADHD라니~~!!
와앙~

만화 보니까 진짜 너 너무 대단하고~
우리 발봉이 짱이고 훌륭하고 다 잘될 거야!!
어제도 이 망할 정신병 때문에 중복 약속 잡을 뻔…했지만! 다행히 잘 해결했다~~

멈칫

정신병이라니…
?
발봉아, 그 정도는
다들 겪는 일이니까…
너무 자신을 그런 식으로 막…
생각하지 않았으면 해…
???
넌 충분히
정상이야…!

……?

정병이라고 하지 마…
봄에 자랐다 죽는 잡초라고 하자…
까똑!
까똑!
휙
휙
잡초 시즌 끝나면 예쁜 꽃 시즌이 올 거야…

덜컹덜컹
덜컹덜컹

어이~
밥 좀 주쇼
ADHD 특 : 말하다 답답하면
그냥 찾아감

이 친구의 이름은 감초록(가명).
저와는 1n년 지기입니다.
뭐야 뭐야 갑자기
웬 서프라이즈~?
짐 줘~
그리고 운이 좋게도 정신건강의학에 대해 한 번도 깊이 생각해본 적이 없는 것 같은…

아주 사랑이 많고 밝은 아이죠.
어두운 노래를 들으면 사람이 어두워져!
발봉 주변 선천적 멘탈 갑.

'ADHD가 아닌 사람이 있어?' 라고 했던 친구와는 또 다른 뉘앙스랄까.
요즘 ADHD인 거 있나? 그런데?
응? 나?

'그런 건 없어' '그런 건 없어져야 해'라는 초록의 반응을 보고
이게 신경다양인의 운명인 건가…
발봉이는 또 다른 깊생* 에 빠진 것입니다.

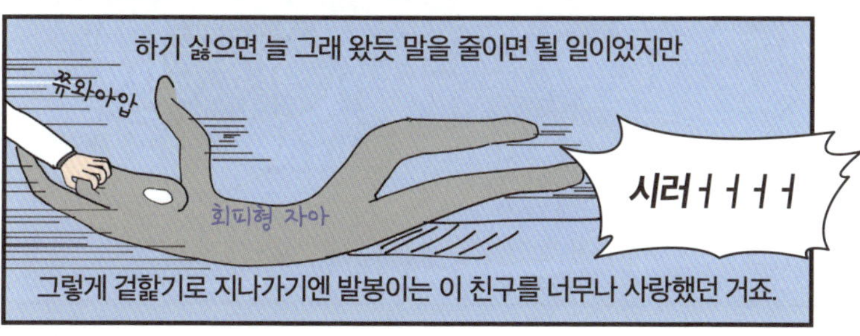

하기 싫으면 늘 그래 왔듯 말을 줄이면 될 일이었지만
쮸와아압
회피형 자아
시러ㅓㅓㅓㅓ
그렇게 겉핥기로 지나가기엔 발봉이는 이 친구를 너무나 사랑했던 거죠.

아니… 진짜로?
아까 문자로 얘기한
그거 때문에?
드르륵
드르륵
ㅋㅋ

아니 난
너 놀러오니까
좋긴 한데…
어, 일단 캐리어는
밖에 여기 두고~

방은 저기…
야, 너 뭐하냐.
가만 있어봐.
뒤적뒤적
내가 다
정리해왔다고.

진짜? 지금?
여기서?
갑자기?
이스ㅋ
성질머리…
아니
ADHD라고 했더니
충분히 정상이라니~
참나…
……
궁시렁궁시렁
ADHD 특 :
못 참음

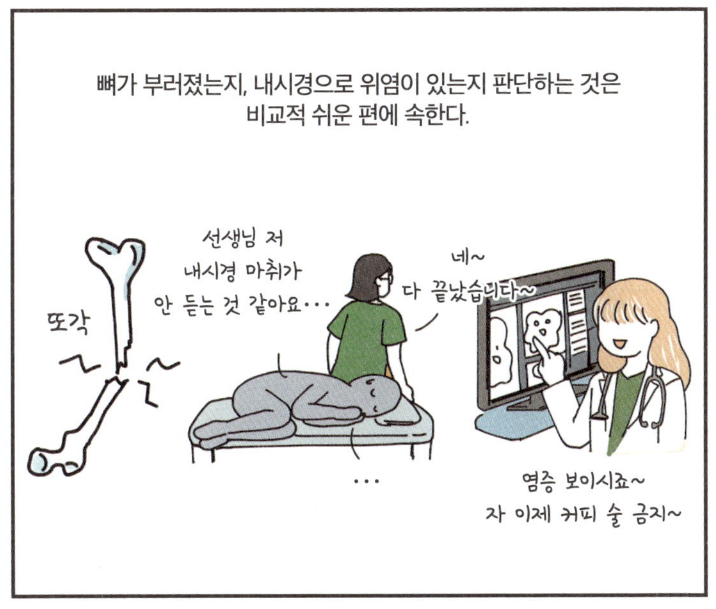

근데 네가 뭐가
헷갈리는지 이유를
찾은 거 같아!
일단 이거부터
읽어보자!
실화냐고.
"진단(diagnosis)이란
병이 있는지 없는지
판단하는 과정을 말한다."
뼈가 부러졌는지, 내시경으로 위염이 있는지 판단하는 것은
비교적 쉬운 편에 속한다.
또각
선생님 저
내시경 마취가
안 듣는 것 같아요···
···
네~
다 끝났습니다~
염증 보이시죠~
자 이제 커피 술 금지~

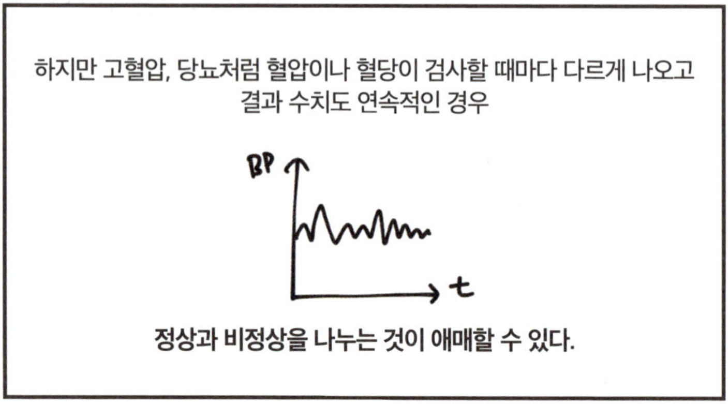

하지만 고혈압, 당뇨처럼 혈압이나 혈당이 검사할 때마다 다르게 나오고
결과 수치도 연속적인 경우

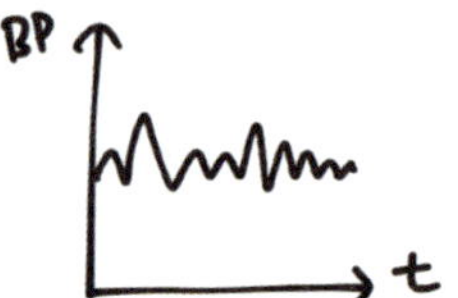

정상과 비정상을 나누는 것이 애매할 수 있다.

이런 경우 전문가들의 합의에 따라
어느 정도 이상은 '치료가 필요하다'고 권유하는 기준을 정하게 된다.

정신건강의학적인 문제들도
이와 비슷하게
진단기준을 통해 진단한다.*

* www.adhd.or.kr 학술정보 중 'ADHD 진단'에서

정신질환이란 거 자체가
속 시원하게 '짠~ 여기 있죠?'
하고 보여줄 수 있는 게
아니어서
어떻게
설명하면 좋을까 찾다가
이거다! 싶어서 가져와봄.
음…
그니까…
어때?
증상이 있으면 검사를 하고,
검사를 하면 맞다 아니다
결과가 나오는 게…
아니라고?
짐 좀 풀면서
얘기하렴
oo

나 약국에 있을 때도
검사 결과만 갖고 와서
자기가 무슨 무슨 병이 맞냐고
많이 물어보시는데
이런 종류의 질환들은
생각보다 수치만으로
칼같이 잘라서
판단할 수 없거든.

ADHD 역시 이게 정상과 완전히 다른 상태라기보다
누구에게나 있는 ADHD 성향이 특정 '기준' 이상으로 두드러질 때 진단이 된다는 거지.

그러니까 그 부분이 모호하다고.
두드러진다는 게, 얼마나?

그거 때문에 우울증이 생길 정도?
음~

이건 정확한 기준은 아니고,
병원에서 종합적으로 판단해야지.
약은 약사에게 진단은 의사에게~
하하핫
두근두근
농담은 아니란 거잖아…!

근데 실제로 정신질환 진단에 있어서 당사자가 이 병 때문에 '얼마나 큰 손실과 고통을 겪는지'
쉽게 말하자면 '얼마나 힘든지'도 중요한 요소야.

그러니까 과업이 많아지는 시기에 뒤늦게 ADHD 진단을 받는 사람들이 많은 거지.
둑이 차올라서 넘쳐흐르듯, 풍선이 부풀어오르다가 빵 터지듯…
ADHD 증상으로 인한 괴로움이 한계를 넘어서 치료를 해야 하는 수준이 된 거랄까.

특히 우리나라의 노동환경은 최소한의 인원으로 쉴 새 없이
최대한 쥐어짜는 게 일반적이잖아.

얘 너는 아프려면
혼자 아파!!

우린 무슨 죄야~
집에 좀 가자!!

야, 도거북이
어제 또 사고 쳐서
당직 한 시간 늦게 끝났대.

헐

또 자기 ADHD
어쩌구 함?

아니 본인이
그러진 않았는데,
ㅋㅋ 고라니가 소리 지름 ㅋㅋ

그렇기 때문에 '이 땅에 ADHD로 태어나'면
본인이 ADHD인 걸 알기 싫어도 알 수밖에 없는 것 같아.

…너
그 ㅇㅇ병원
얘기야?

ADHD 진단
받기 전에
퇴사하긴 했지.

계속 있었음
저게 내 미래였을지도~

어휴~

그래, 늦기 전에
퇴사한 건
진짜 잘했다.

야,
밥 먹을까?

오예!
초로기표
브런치~

지글지글

네 설명 들으니까 이제 좀 이해가 되는 것도 같다.
네가 나랑 있을 때는 아무 문제 없어 보였는데
갑자기 엥? ADHD? 그게 뭔데?
오예 밥!
의사들 상술 같은 거 아닌가, 이런 생각도 들고.
근데 그냥 일단 애가 뭔가 병이 있다니까 덮어놓고 좋은 말 해주면 되겠지?
하다가 핀트가 어긋난 듯.
근데 ADHD? 이거 뭔데?
아니 정신병이라고?! 우리 발봉이가!
아니야~ 너 ADHD 아니야!
뭐 뭐라고 해야 되지…
넌 정상이야!!

상술~?
ㅋㅋㅋㅋ

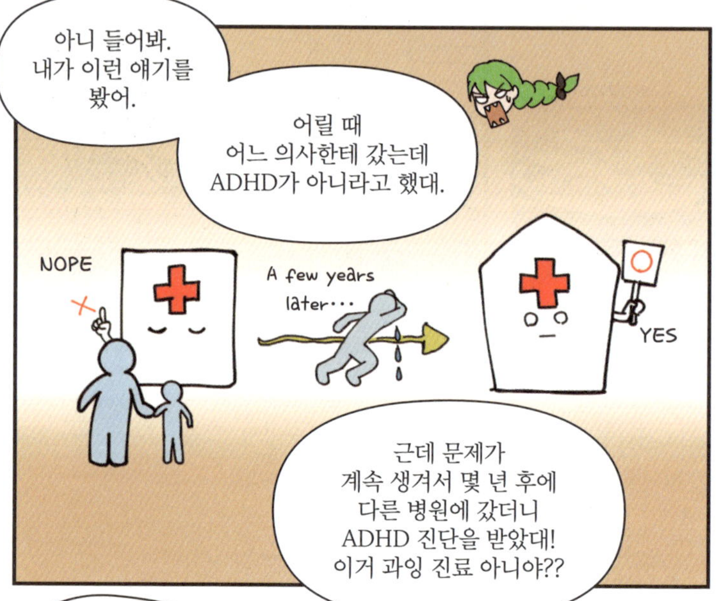

아니 들어봐. 내가 이런 얘기를 봤어.
어릴 때 어느 의사한테 갔는데 ADHD가 아니라고 했대.
NOPE
A few years later…
YES
근데 문제가 계속 생겨서 몇 년 후에 다른 병원에 갔더니 ADHD 진단을 받았대! 이거 과잉 진료 아니야??

아… 그거 ADHD 역사가 짧아서 그럴걸?
진단기준도 최근에 많이 변했고.
야 복숭아 너무 맛있다

진단기준이… 변한다고요, 선생님?
주르륵
그럴 수 있지.

ADHD 진단명이
처음 나온 게 1987년.

그 후로 진단기준은
조금씩 명료해졌고

1988
DSM-III-R

1994
DSM-IV

2013
DSM-5

무엇보다 2013년에
ADHD를 '신경발달장애'라고
처음 분류했어!

그래서?

아…?
아!

그래서?

소아 때
나타났다 없어지는
병이 아니라는 거지.

쉽게 말해
'성인도 ADHD일 수 있다'고
공식적으로 발표한 거야.

그게 겨우
2013년이라고?!

완전 최근이잖아!

그럼
애들이 가지 않는 정신과에선
ADHD 환자를 본 적이
없었겠네?

그렇지.
소아청소년정신과가
아닌 곳에서는 상대적으로
ADHD 환자에 대한 경험이
적었을 거야.

최신 지견 업데이트가
잘 안 된 경우도 있었겠지?

아까 네가 말한 글은
이런 상황들이 겹쳐서
생긴 케이스인 듯해.

그렇구먼~

의사들도
쉽지 않구나.

그럼 장애인데
치료제가 어떻게
있는 거야?

네가 말한 그…
우주소년… 아톰?
그거랑 뭐 있잖아.

선생님
아토목세틴이요…

약은 있지만
엄밀히 말해 치료제는
아니지.
증상을 잠시
누르는 거야.

약을 안 먹으면
ADHD 증상은
그대로 있어.
그럼에도
약물치료를
왜 해야 하는가?
묻는다면

약을 먹으면서
어떤 행동들이
줄어드는가를 보고
나의 어떤 모습들이
ADHD에 의한 것인지
파악할 수 있어서,
라고 생각해.
약국
작작해..
자동 말고 난방..
24도. 풍량은 1로..
상하회전하다가
날개 조절해서..
차 안
아니야 위랑
풍량은 2상도
엉따는 1로 하고
온도는 25도면 되고.
에어컨
장인이세여?
드르륵
연습하느라고
갑자기 혼자 방의 가구 배치를
다 바꿨는데
찾을 수 있어서 너무 좋아!
하루에 열 번 정도는
쓰는 듯
갑자기
핸드폰?
잃어버려?
이게 아닌데..
어버버
..엉?
그걸로 내가 느끼는 어려움을
인지하고 보완해나가는 게
나한텐 진짜 큰 도움이 됐거든.

헐, 진짜! 그러게, 그럴 수 있겠다.
생각지도 못한 포인트네.

실제로 약물치료 말고도 인지행동치료라는 게 있긴 한데
난 안 받아봤지만···

이렇게 머릿 속이 조용할 수가
다들 머릿 속에 라디오 틀어진 상태로 일하는 게 아니었단 말이야?
이제 약 기다리는 게 조바심나지 않아..
직업병 때문인지, 약 효과를 모니터링 하다 보니
저절로 비슷한 걸 알아서 하게 된 것 같기도···?
아, 그거 다른 사람 있을 때 얘기하면 싫어하겠구나!
굵적
근데 받아보고 싶기는 함
각각이가 말한 거 전에 나한테 말한 거 물어볼까
missing link

약 쓰는 것과 별개로 ADHD를 늦게라도 진단받는 것 자체가 치료의 시작인 것 같아.
원인을 아는 것만으로도 정말 많은 게 바뀌거든.
자신이 살면서 겪은 어려움이 무엇 때문인지 또렷이 살펴보는 과정 자체가 그 어떤 치료보다도 값졌다.
진단 이후 약물 치료를 시작하겠지만, 어차피 약으로 완치가 되는 건 아니니까
결국 내 ADHD 뇌를 파악하고, 스스로 끊임없이 훈련하고 또 받아들이는 방향으로 가야 하는 것 같아.

받아들인다…

곰곰…

너 자꾸 이 망할 ADHD가
어쩌고저쩌고 하면서
장난 식으로 욕했던 거,

진짜
장난이었구나?

새로이 알게 된 게
신기하고 재밌다고,

사는 게 이전보다
나아졌다고,
자랑하는 거였네!

뿌듯하다면 뿌듯하다고
말을 해야 알지!

짝!

그래, 맞아. 바로 그거야!
아~ 내가 또 뉘앙스 전달을 잘못한 건가?

ADHD는 없어지는 병이 아니라 내 일상에 계속 묻어 있을 수밖에 없는데
정작 나는 평범하게 근황 토크를 해도
아… 맞다.
정신병이라는 이미지에 꽂혀서인지 갑자기 너나 다른 애들이 고장 난 반응을 보이는 거야.

비언어적 의사소통을 잘 못하는 것도…
야옹~
그래… 야옹…

야옹??

어? 아지잖아??
부빗

어?
아지는 니네 부모님 집에 있지 않아?
참나…
잠깐, 너 지금 캐나다에 있잖아?
바보야.
나 여기까지 어떻게 기차 타고 온 거지?
뭐가 그리 무서워서…

이런 얘기를
꿈으로 연습씩이나 하니?
헉

Por la blanda arena
que lame el mar~♫
Su pequeña huella
no vuelve más~♫

지잉~ 지잉~
문자하다가
잠든 거냐…

ADHD는 내 뇌 속에서 일어나는 일인지라
가끔은 아무리 말을 해도
영원히 타인에게 가닿을 수 없는
기분이 든다.
어쩌면 병이란, 애당초 당사자 말고는
아무도 5분 이상 듣고 싶어 하지 않는 걸지도 몰라.
그런 가시 같은 외로움도 가끔 돋아난다.

꿀꺽꿀꺽
완치될 수 없는, 모두에게 낯선 정신병.

우리의 괴로움은 실재한다.

다만 각자의 병과 끝없이
사이좋게 지내려 애쓸 뿐이다.

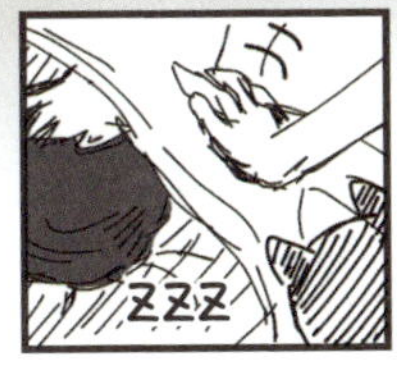

ZZZ

끈질긴

엄마
출근한다~
우리의 삶을 위하여.

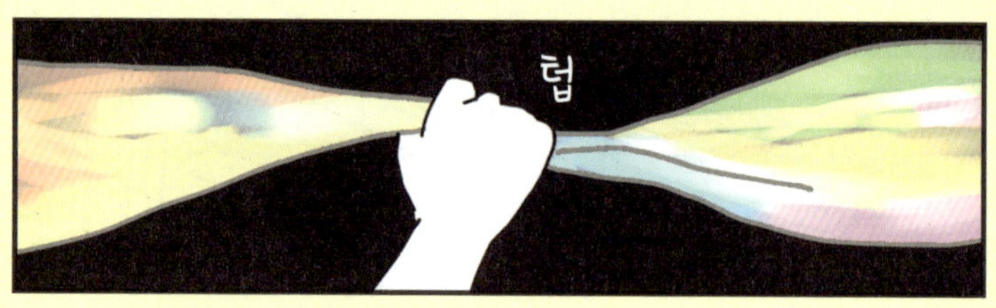

생각이 너무 흘러넘쳐 정리하는 게 문제이긴 했지만

늘 달리고 있는 생각 중 아무거나 붙잡으면 되니까
만화 아이디어가 부족한 적은 없었는데 말이죠.

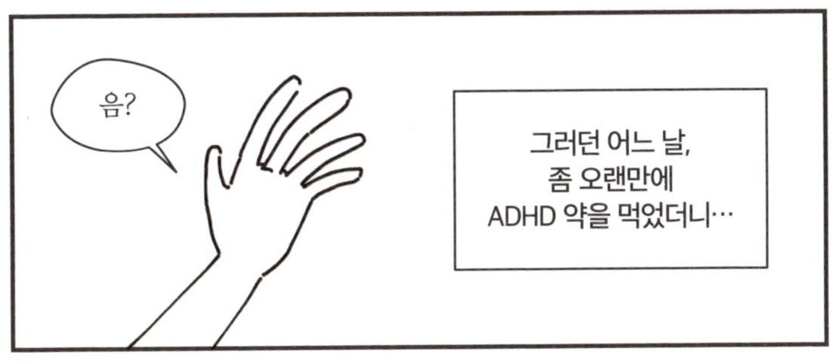
음?
그러던 어느 날,
좀 오랜만에
ADHD 약을 먹었더니…

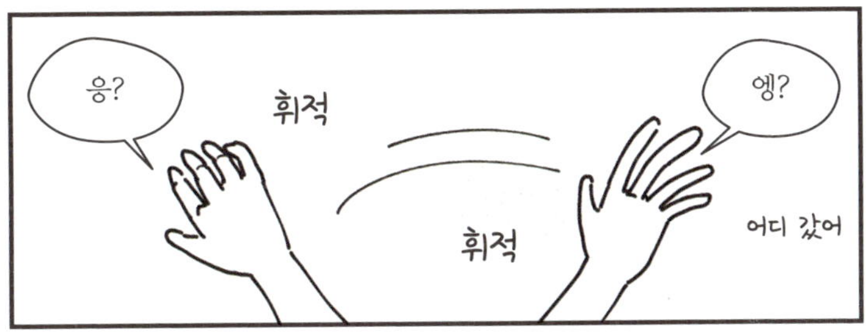
응?
휘적
휘적
엥?
어디 갔어

이게 뭐야.
봉인당함?
뜻밖의 타래 분실 사건.

*토가시 요시히로 『헌터x헌터』에 나오는 초능력의 일종.

「질주하는 생각들」 끝
ADHD와 창의력의 상관관계에 대해
깊은 생각에 빠지게 된 사건이었습니다.
이보시게,
비스카차 양반!
콘티가 안 나와!!
짤짤짤
그러니까
그게 뭔데
넨 능력* 을
잃어버렸다고!
차분하게 해야 할
작업에는 도움이 되는 것
같습니다만…
일장일단이 있는 듯요.

2. 배경화면

ADHD 만화를 그리면서 종종 느끼는 건
사람의 생각은 잘 변하지 않는다는 것입니다.

이 바쁜 세상에서 사람들은 자신과 지금 바로 관련이 될 만한 것 외엔
별 관심을 갖지 않습니다.

그럼에도 나에 대한 이야기를 계속 해야 하는 이유는

나에게 나를 설명해주고 싶기 때문입니다.

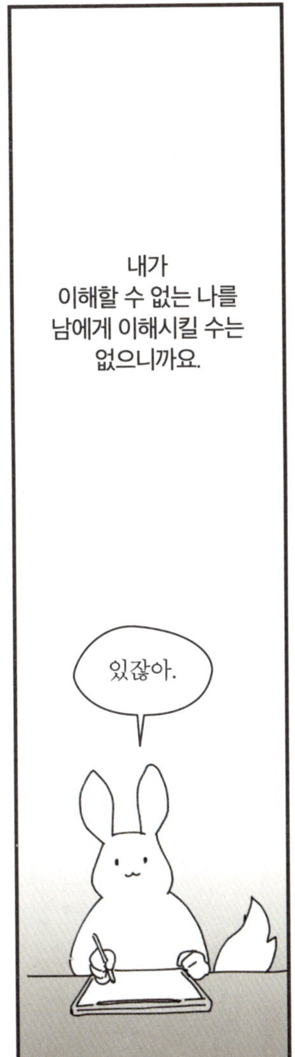

내가
이해할 수 없는 나를
남에게 이해시킬 수는
없으니까요.
있잖아.

나 네가 좀더
좋아진 것 같아!
이 땅에 ADHD로 태어나
ADHD로 태어나
이 땅에 ADHD로
비스카차
(유발봉 본체)
그런 면에서 이야기에는
심리치료적인 효과가
있는 듯합니다.
「배경화면」끝

추석 연휴 때 외국에 사는 새언니네 집에 다녀왔습니다.

여행을 와서 다 같이 시간을 보내는 거니까
일정을 빡빡하게 짜야 하는 상황이 아니었는데도

타임라인을
명확하게
안 정해주는 게…
왜 이렇게까지
힘들지??
마치 끝나지 않는
과제가 생긴 느낌이야!
?
이름: 후추
특징: 귀여움
다시 찾아온 '이런 것까지 ADHD였다고?' 모먼트
ADHD를
움직이게 하는 건
타임어택뿐이니까.
소곤
!!

설명하자면, ADHD인들은 행동을 개시하는 데 필요한 도파민 분비가
남들보다 낮은 편이기 때문에

DEFAULT

디폴트 상태가 '영원히 미루기'란 말이죠?

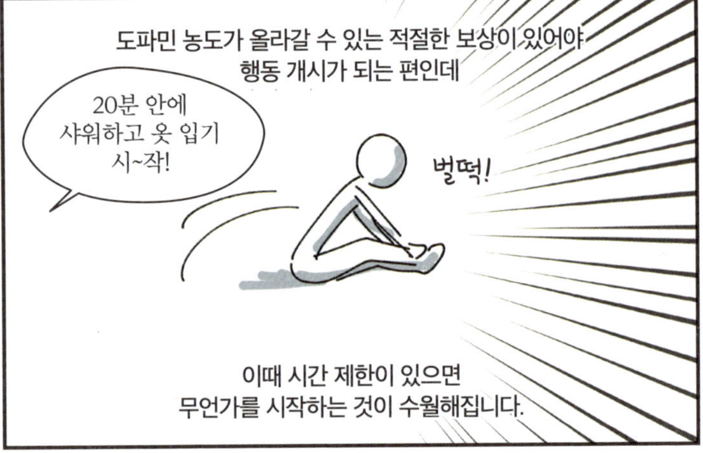

도파민 농도가 올라갈 수 있는 적절한 보상이 있어야
행동 개시가 되는 편인데

20분 안에
샤워하고 옷 입기
시~작!

벌떡!

이때 시간 제한이 있으면
무언가를 시작하는 것이 수월해집니다.

이런 것까지…

중얼

현타

…이상 내가 ADHD인가,
ADHD가 나인가
오늘도 고민하는
발봉 씨였습니다.

「타임어택」 끝

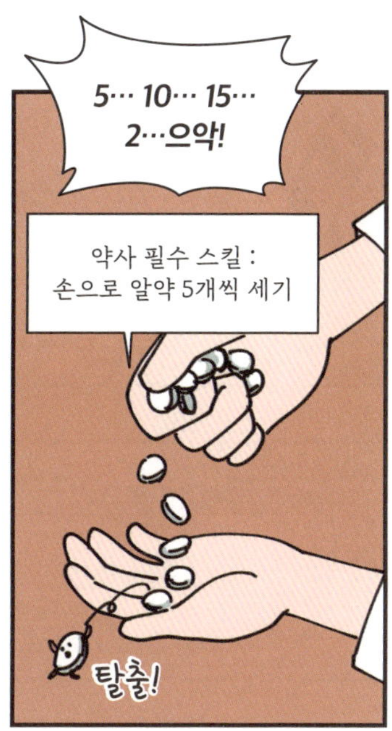

아직도 저는, 약을 먹지 않은 날엔 수없이 알약을 떨어뜨리고요,

조제하다가 조금만 다른 자극이 들어오면 산만해서 넋을 잃고,

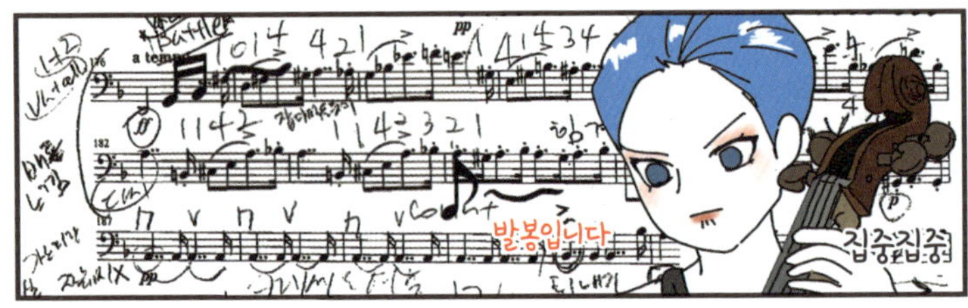

아무리 연습을 많이 하고 선 공연이어라도

조금이라도 딴생각하면 어김없이 악보를 놓치고요,
여긴… 어디??

기억나는 대로 일단 한다!
THE SHOW MUST GO ON~

!!!!!미친… 악보 놓쳐서 한 옥타브 아래음으로 했어, 아까!
대체 왜 약을 안 먹었니 나란 놈아!!
그랬어?
어디??

제가 만든 이 공연 포스터(모바일)를 업로드했는데
세 번이나 문구를 틀렸고요.
하이든 스펠링이…!
이제 보니
베베른도…!
2025.7.6.(일) 15:00 스튜디오 리움
2025.7.6.(토) 15:00 스튜디오 리움
Webern이 맞음
Hyden
Werbern
Haydn이 맞음
일자랑 요일이
안 맞아요!
아 진짜 닉값하네!!
나갈 준비를 해야 하는데
자꾸 춤을 추고
머쓱타드
행동 개시를 위한
자체 보상일까요
아님 단순
미루기 증상일까요?
춤 그만 추고
옷 입으라!!
갈!
무반주
막춤
앗… 그러게,
나 또 춤추고 있네.
흠!
정수기에서 물 한 컵 채워지는 시간을 못 기다려
그 사이에 수많은 딴짓을 합니다.
커튼 치기
쓰레기 정리
졸졸…
에어컨 켜기
쟤는 참…

마지막으로…
왜 자긴 항상 귤껍질을 조각내서 까?
이렇게 좀 까봐.
우리집은 아빠 빼고 다 이러는…데?! 아.
말-끔!
아.
조각
조각
ADHD 진단 3년 차, 여전히 일상의 재발견이 진행 중인
발봉의 소소근황이었습니다.
「아직도 나는」 끝

5. 다행히도 해피엔딩

"우리 딸(아들)은
사춘기가 없었어."
라는 말은 얼마나 일방적인가.
그 표현에서 내가 느꼈던 이질감의 정체를
오랜 시간 찾아 헤매었습니다.

그 말을 들을 때마다 나에게는
자신의 이야기를 부모에게 전할
언어를 잃은 아이가 보입니다.

있는 모든 수를 써서 자신의 고통을
가족에게 숨겨야 할 정도로

파탄 난 관계가 보입니다.

찌익
찍
찍

펄럭..

00중학교
000심리 검사
시행일자: 0

요약.
000 학생은 ...
매우 불안정 ...
상담이 요망됩니

조용한 ADHD란 결국 그런 걸지도 모르겠어요.

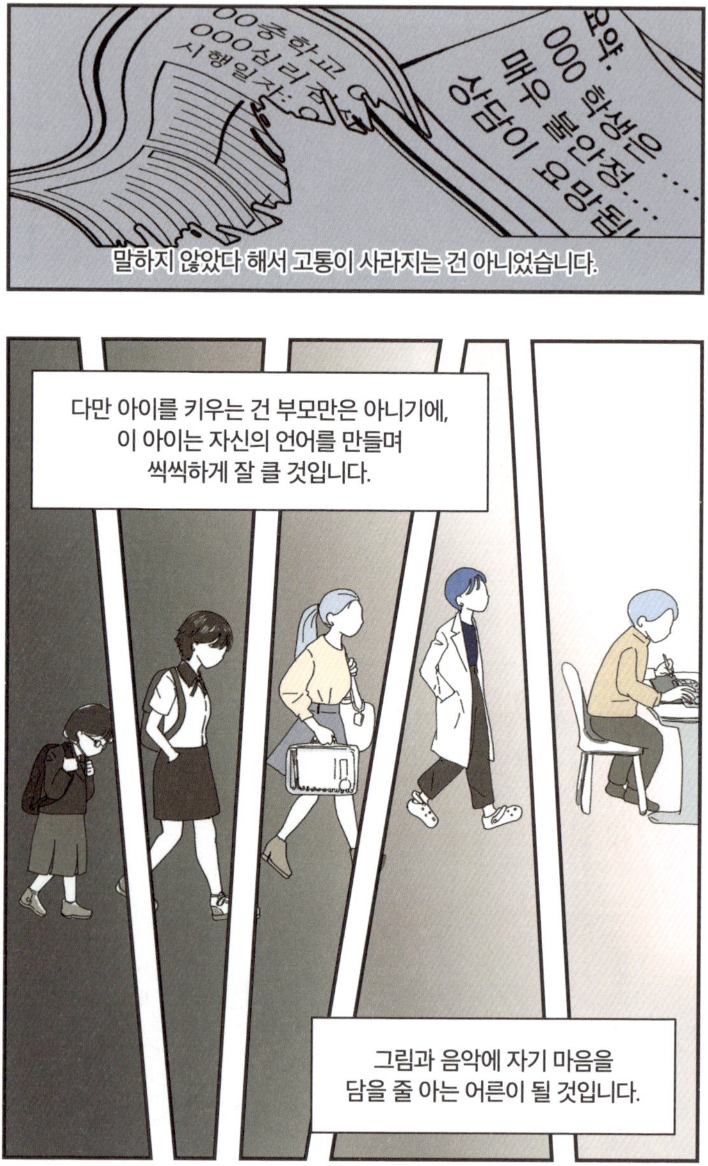

말하지 않았다 해서 고통이 사라지는 건 아니었습니다.

다만 아이를 키우는 건 부모만은 아니기에,
이 아이는 자신의 언어를 만들며
씩씩하게 잘 클 것입니다.

그림과 음악에 자기 마음을
담을 줄 아는 어른이 될 것입니다.

사는 게 죽는 것보다
더 나은 날들이 많아진,
조금 행복하고 크게 불행하지 않은,
건강한 어른이 될 것이니
야 이거 봤어?
ADHD 진단 청소년이
일반 청소년 대비
자살의도를
가질 확률이 6배,
자살사고(思考) 확률은
2배 정도 높대.*
* 2018년 통계
헤에
살아있느라
고생 많았네~
「다행히도 해피엔딩」 끝
다행히도 이 이야기는 해피엔딩입니다.

ADHD 메타 인생이여

2025년 11월, 마지막 화를 게시했을 즈음 일하던 약국에서 해고를 당했다. 몇 달 전 같은 건물의 병원 하나가 이전을 하면서 약국 매출이 반토막이 났기 때문이다. 예견된 상황이기도 했고, 약국 약사들이 워낙 이직이 잦은 편이기도 하지만 자진 퇴사가 아닌 처음 당해보는 해고 통보에 속이 쓰린 건 어쩔 수 없었다. 끝도 없이 내려가려는 기분을 붙들고 급하게 이직할 자리를 알아봤다. 운이 좋게도 집 가까이 현재 근무조건과 거의 비슷한 채용 공고가 올라와 있었다. 면접을 보고 합격을 해 2주간 짧은 휴식을 가진 뒤 다시 일을 시작했다.

그렇게 몇 년 만에 새로운 환경에 적응해야 했다. 새로운 사람, 새로운 업무에 매끄럽게 융화해야 한다. ADHD인으로서 참으로 취약한 임무다. 3차병원 두 곳, 그리고 약국 풀타임 약사 경력까지 합쳐서 근 10년간 쉬는 기간이 거의 없이 계속 일을 했던 나는 조제와 투약(환자에게 복약지도를 하고 올바르게 검수하여 약을 내보내는 것)에는 크게 어려움이 없다. 그럼에도 근무 첫날, 부작용 때문에 한동안 쉬었던 ADHD 약을 오랜만에 복용하고 출근했다.

ADHD 약을 먹은 건 업무상 실수를 방지하는 것보다 약국장과의 관계를 위해서였다. 이직한 곳은 1인 약국으로 국장님 대신 일할 풀타임 약사 자리였다. 1인 근무이기 때문에 상세히 인수인계를 받아야 하는 상황이었다. 약국장이 정해놓은 시스템에 관한 설명을 듣고 물어보고 구체화하는 커뮤니케이션이 매우 중요했다. 약을 안 먹은 나는 바쁘게 일할 때면 다른 사람에게 공격적으로 말이 나가는 경향이 있다. 일이 몰아칠 때면 늘 ADHD 뇌에게 졌다. 몰입이 깨지는 순간 상대를 찌르는 듯이 짓는 내 표정이나 쏘아붙이는 말투는 어떤 방법을 써도 막을 수 없었다. 나의 유령이라도 된 듯 내가 상대를 찌르는 모습을 지켜봐야 했다. 이 문제 때문에 나는 큰 조직에서 일하는 동안 숱한 갈등을 겪었다. ADHD 약을 먹으면 타인과 소통할 때 나의 반응속도를 조절할 수 있다. 쏘기 전에 조준할 수 있다. 타인을 찌르지 않기 위해 나는 약을 먹었다.

근무 첫날은 그럭저럭 잘 지나갔다. 하지만 약 때문에 어김없이 수면 부작용이 찾아왔고, 약을 안 먹고 출근한 나는 다음 날과 그 이튿날 동안 약국장으로부터 "약사님, 제가 지금 말하고 있잖아요"라는 말을 수도 없이 들었다. 상대는 사장이라는 생각에 뇌에 힘을 꽉 주고 짜증 없이 대화하기는 어찌저찌 해냈지만 ADHD인들의 고질병인 '말 끊기'를 나도 모르게 끊임없이 시전하고 있었다.

약국장이 설명하는 내용 중에는 경력자인 내가 이미 아는 것이 많아 그 순간을 참지 못하고 떠오르는, 지금 하고 있는 대화와 전혀 관련 없는 (내 머릿속에선 이미 여러 단계를 거쳐 떠오른 것이지만 상대에겐 전혀 뜬금없는) 질문을 반복했다. 이미 아는 걸 얘기하는 지루함에 짜증이 몰려오고 있는 나와 상대가 왜 자신의 설명을 안 듣고 자꾸 딴소리하는지 점점 날카로워지는 약국장. "그 얘기는 좀 이따 할게요, 지금은 OO 설명하고 있잖아요"라는 답이 무한 반복되는 현장! 내가 스스로 충분히 인지하고 있던 증상도 약으로 누르지 않으면 이렇게 용수철 튕기듯 튀어나오는 게 ADHD다. 나흘간의 인수인계 마지막 날 약국장은 다소 지친, 그러나 나에게서 벗어날 수 있어서인지 홀가분해 보이는 얼굴로 귀가했다.

숱하게 많은 ADHD 관련 책들을 보고, 논문을 읽고, 공부하고 만화까지 그렸으니 ADHD 증상들을 세세히 알고 있으며 어느 정도 대응 전략은 다 세웠다고 생각하며 살다가도, 가끔 이렇게 ADHD 뇌가 스스로를 당당하게 증명해낼 때마다 기운이 많이 빠진다.

넷플릭스 드라마 「은중과 상연」의 명대사를 나에게 던진다.

"누가 끝내 너를 받아주겠니?"

여전히 나는 똑같구나. ADHD로 먹고살기 쉽지 않구나. 다음 이직 자리가 나에게 남아 있을까? 나이도 경력도 점점 차는데 이렇게 모나고 이상한 나를 써주는 직장이 있을까? 이 자리도 8개월 단기 대체근무 자리인데… 꼬리에 꼬리를 무는 반추를 하다가 이 밑도 끝도 없는 삽질 역시 ADHD의 과몰입 증상이란 걸 깨닫는다.
아 ADHD 메타 인생이여.
아직 난 잘리지 않았고, 오늘은 일요일이다. 월요일은 어김없이 오고, 삶은 계속된다.

타다다다닥
깜빡깜빡
가제: 이 땅에 ADHD로 태어나ㅣ
…
혹시, 이 만화의 제목 뒤에
어떤 문장이 이어질지

타닥
타다닥

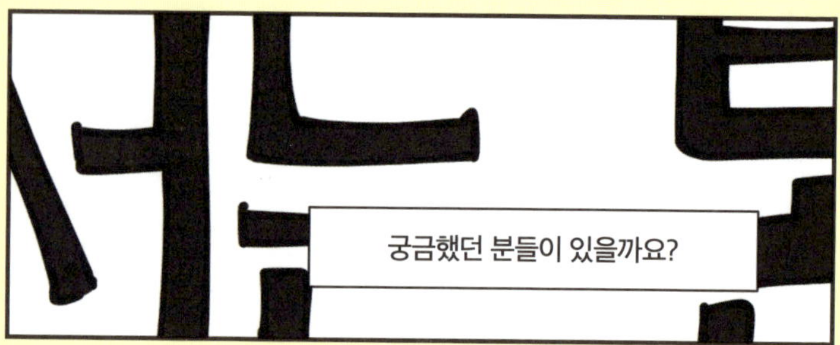
궁금했던 분들이 있을까요?

이 땅에 태어난 발봉이는
미취학 아동일 때부터 산만해서
빠~~안
왜뭐왜

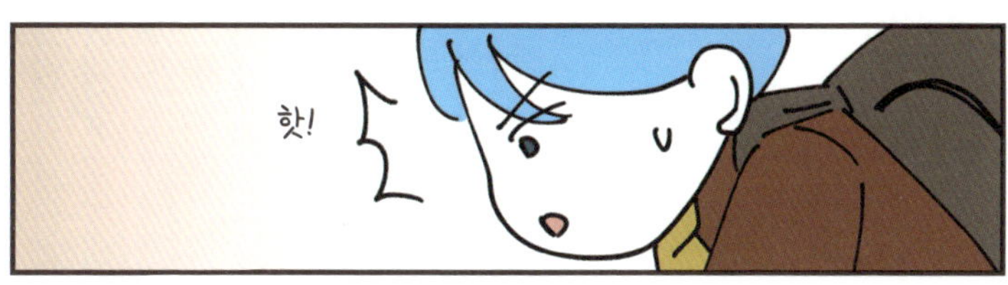

핫!

세상 모든 것에 관심을 갖다가
유치원에 늦기 일쑤였고
후다닥
또 저러는군···
아이의 등원길을 내려다보던 발봉의 엄마는
아이가 좀 느려서 그렇다고 생각했습니다.

'ADHD'라는 단어는 그때도,
그 후에도 오랜 시간 동안
떠오르지 않았죠.

결국 발봉이는
스스로 자신의 진단명을
알아낼 수밖에 없었어요.

한 치의 비효율도 허용하지 않는
사람을 아주 쉽게 "폐급"으로 몰아버리고
수습할 기회도 주지 않는
온 힘을 다해 일해도
나도 모르게 죄인이 되어 있는
"이 땅"

이 시대,
이곳은,
ADHD를 가진
사람들로
하여금

'내가 남들과 많이 다르다'
라는 것을 모를 수가 없게
하기 때문입니다.

그래서 제가 생각한 만화 제목의 전문(全文)은

타닥타닥
이 땅에 ADHD로 태어나ㅣ

···본인이 ADHD인지 모를 수 없다.ㅣ

입니다.

결국 제가 원한 것은
'내가 ADHD인지 영원히
몰라도 되는 환경'이었던 걸까요?
예술분야
전공을 했다면
영영 모를 수도
있었을까?
얘나 쟤나
다 나 같은···
개넨 뭐 평생
사회생활 안 하니?
음.

하지만 전 이미 여기에서
태어난걸요.
그러니까 마무리는
산뜻하게~

ADHD의 강점!을
얘기해볼까 합니다.
기왕 이렇게
태어난 거!

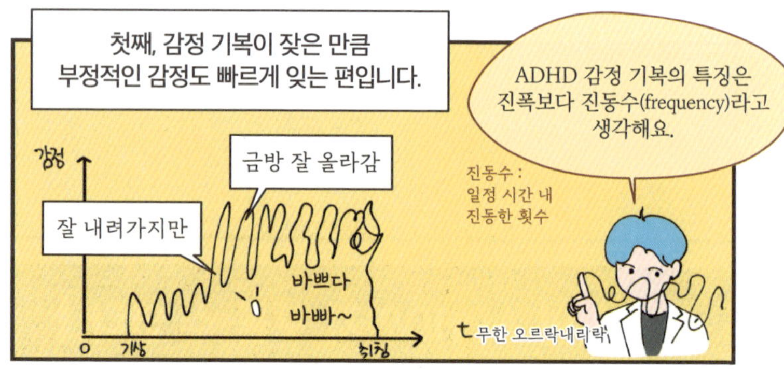

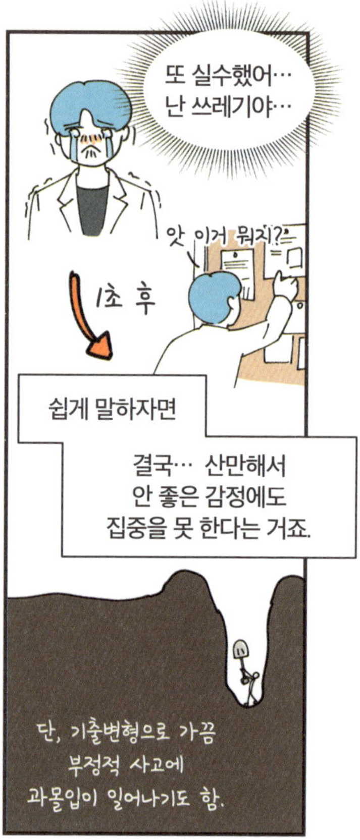

*『청소년 및 성인을 위한 ADHD의 인지행동치료 제2판』 (시그마프레스 2019) p.24

시끄러운 동아리 방에서 배달원의 노크 소리를 혼자 듣는다든지

두구두구두구두구두구두구두구두구두구두구두구두구두구두구두구
마지막으로~
ADHD 얘기할 때면
반드시 빠지지 않고
언급되는~

몰입력

아이고
또 들어갔네~
애 어디 갔어…
발봉아~
발봉아~
두두두두두두두두두두
어디에 몰입하는가는
개인 차이가 있겠지만
과몰입 증상 자체는
대부분의 ADHD 환자들이
갖는 특성이 아닐까 싶어요.

이 같은 몰입력은 과하면 독이 되지만
늘 과하지 않…?!
…!!
읍읍
쉿!
장점 말하는
시간이잖아.
조용히

하지만 마감을
못 맞춰서 살아생전
작품이 열 몇 개밖에
안 되죠!
허헛
아 다들 좀
조용히!!
이 몰입으로 무서운
추진력과 행동력이
나오기 때문에
적절한 상황에서
높은 성과로
이어질 수 있다는 것이
장점입니다.
안녕
레오나르도 다 빈치예요

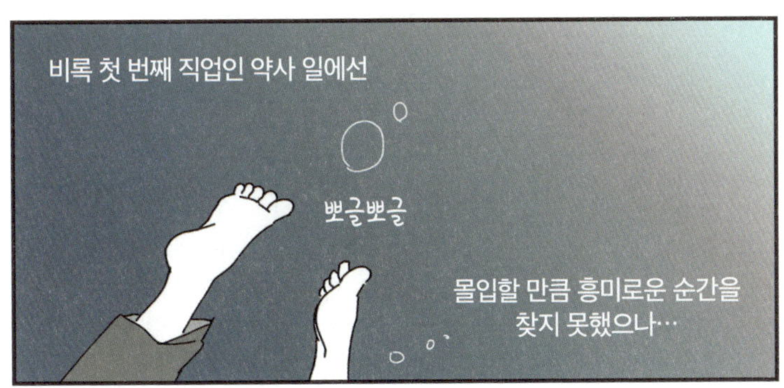

비록 첫 번째 직업인 약사 일에선
뽀글뽀글
몰입할 만큼 흥미로운 순간을
찾지 못했으나…

ADHD 서중
대중서 전권
ADHD
교육영상들
어디까지
내려가는 거야…?!
ADHD
인지행동치료
서적
ADHD
DSM 약사
한국 ADHD의 이해
최신
ADHD 논문들
이건 다 뭐야
돌이켜보니 전 ADHD에
과몰입했던 것 같습니다.
실컷
공부하고
고민하고
물어보다가
제 안에서
흘러넘친
말들이 모여
만화가
되었습니다.

ADHD에 몰입했다는 건
결국 '나'에게 몰입했다는 뜻이고,

이 만화를 그리는 건
저 자신을 더 이해하고
덜 미워하게 되는 여정이었어요.

둥실

여러분도 이 만화를 보며
그런 시간을 가졌기를

발봉아, 뒤! 뒤!

뚝뚝

그리고

언젠가는 ADHD라는
걸림돌의 크기가

좀더 작아질 수 있는
세상이 오길 바라며

이만 『이 땅에 ADHD로 태어나』를 마칩니다.
감사합니다.

ADHD 여정을 완주하고

안녕하세요.
비스카차입니다.
발봉이의 ADHD 여정에
함께해주셔서
감사합니다.
재밌으셨나요?

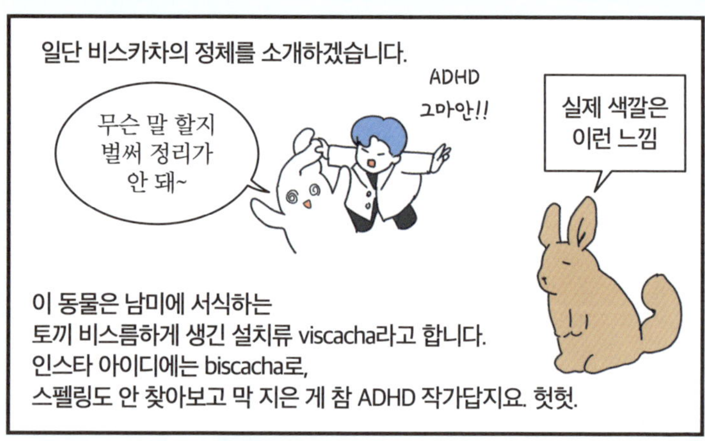

일단 비스카차의 정체를 소개하겠습니다.
무슨 말 할지
벌써 정리가
안 돼~
ADHD
그마안!!
실제 색깔은
이런 느낌
이 동물은 남미에 서식하는
토끼 비스름하게 생긴 설치류 viscacha라고 합니다.
인스타 아이디에는 biscacha로,
스펠링도 안 찾아보고 막 지은 게 참 ADHD 작가답지요. 헛헛.

이 설치류는 예술의 ㅇ도 공부한 적 없는
이과생 - 화학과 - 약대 출신 약사입니다.
참고로 제 학번부터 몇 년간
수능으로 약대를 갈 수
있는 경로가 없었습니다.
웬 화학과인가
싶으시죠..
타과에서 2년 이수 후
입학시험을 통과해야
약대에 들어갈 수 있었어요.
타과 2년
PEET
(약대 입학시험)
약대 4년 = 2+4년제

그리고 오로지 만화를 그리기 위해 약대를 진학한
조금 독특한 설치류이기도 하죠.
이유는 11화에 살짝 나오죠. 끝
아!!! 언제 졸업하고 언제 만화 그리냐!!
약대 2+4년제 시행 기사를 처음 접한 날의 18세 비스카차
진정해! ADHD야
…졸업도 잘하고 만화도 잘 그리고 있으니까 급발진 좀 하지 말라고 말해주고 싶네요.

이 만화를 SNS에 자유 연재를 하는 중간중간 부침이 없지 않았는데요.
난 왜 만화를 그리는가? 아무도 안 보는 것을?
난 재밌는데!
얼른 다음 화 내놔라!
근원적 고민
넵
멘탈 지킴이 논노 & 감태

하지만 많은 분들이 치료를 받게 되었다거나,
ADHD 당사자 분들이 자신을 혹은 주변인들이 가족과 파트너를
더 잘 이해하게 되었다고 전해줄 때마다
힘을 내서 이 여정을 완주할 수 있었습니다.
이 댓글을 아기 발봉이가 좋아합니다
그림을 포기하고 싶은 순간에도 계속 나아가게 해준 힘이었어요. 정말 감사합니다.

[후기 만화 끝]

이 땅에 ADHD로 태어나

ⓒ 2026

초판 1쇄 인쇄일 | 2026년 2월 19일
초판 1쇄 발행일 | 2026년 3월 3일

지은이 | 비스카차
발행인 | 이지은
마케팅 | 전준구
디자인 | 강혜림
본문디자인 | 디자인 프린웍스
제작 | 제이오

발행처 | 유유히
출판등록 | 제2022-000201호(2022년 12월 2일)

ISBN 979-11-93739-23-5 03810